삼색 진주

삼색 진주

고 성 범 소 설

폭주하는 여자와
침잠하는 남자의
위태롭고 유쾌한
사
랑

도서출판 bpp

목차

1화

만남

나는 숲속의 오솔길을 한 여자와 걷고 있다. 여친은 아니고, 오늘 소개팅한 여자다. 우리 앞에서 한 쌍의 다른 커플이 걷고 있다. 우리처럼 그 커플도 서로 떨어져서 걷고 있다. 그다지 친해 보이는 커플은 아니다. 그 커플의 여자가 쓴 빨강 안경이 유난히 커 보인다. 어쩌면 두 사람도 우리처럼 오늘 처음 만난 사이일 수 있다.

앞에서 걷고 있던 커플이 갑자기 멈추었다. 길이 끊겨서다. 물이다. 물이 길을 막고 있다. 전날 비가 온 탓인지 5미터가량의 길에 물이 고여 있었다. 물이 많지는 않았지만, 신발과 바지를 적실 위험이 있다. 그렇다고 길옆으로 비켜서 갈 상황도 아니다.

우리는 그 커플을 지켜보았다. 남자가 돌아가자고 말했다. 빨강 안경은 가타부타 말이 없다. 남자의 재촉에도 그녀의 침묵은 이어진다. 남자가 휙 하고 돌아섰다. 몇 발짝 걷던 그가 멈추었다. 그녀는 여전히 움직이지 않는다. 근데 초조한 얼굴이 전혀 아니다. 오히려 미소까지 띠고 있다. 남자가 힐끗 여자를 쳐다본다. 잠시 후 남자는 성큼성큼 가 버렸다.

내 파트너의 고개가 나를 향한다. 돌아가는 게 좋겠다고 그녀가 말했다. 말투가 단호하다. 하긴, 모처럼 잘 차려입었으니 그럴 만도 했다. 옆에 있던 빨강 안경이 우리를 쳐다본다. 묘한 표정이다.

나는 순간적으로 두 여인을 비교했다. 두 여인은 여러모로 대조적이다. 전반적인 인상이 이쪽은 화려했고 저쪽(빨강 안경)은 소박했다. 이쪽이 보석이라면 저쪽은 원석이다. 신체도 저쪽보다 이쪽이 컸다. 즉, 키는 물론 눈도 가슴도 엉덩이도 이쪽이 컸다. 옷차림도 이쪽이 비싸 보였다. 굳이 비유하자면, 이쪽이 패션모델이라면 저쪽은 고등학교 선생님이다(나중에 안 거지만 그녀는 진짜로 수학 선생이다).

이상하게 내 눈길은 저쪽 여자에 더 머물렀다. 내가 화려함보다 소박함에 끌리는 성향도 아닌데 하여간 그날은 그랬다. 나의 그런 모습이 거슬렸는지 내 파트너의 표정이 안 좋다. 안 갈 거냐고 그녀가 재차 물었다. 나는 대답하지 않았다. 그냥, 대답하고 싶지 않았다.

내 파트너는 한동안 나를 응시했다. 나는 그녀의 눈길을 피했다. 그녀가 말없이 돌아섰다. 그녀는 멈추지 않았다. 뒤를 돌아보지도 않았다. 화가 많이 났구나! 나는 잠시 망설였다. 그녀를 잡아야 하나? 하지만 몸이 움직이지 않는다. 문득 웃음이 나왔다. 왜냐하면 아까 그 커플이 시연한 장면이 반복되고 있다는 생각이 들어서다.

얼마나 지났을까. 사방이 조용하다. 내 주변에는 빨강 안경뿐이다. 그녀가 나를 보고 있다는 느낌이 들었다. 나도 그녀를 보았다. 두 사람의 눈빛이 부딪쳤다. 그녀가 주는 인상은 차갑지도 따뜻하지도 않았다. 마치 잔잔한 호수가 주는 고즈넉한 느낌? 내가 말했다.

“처음 뵙겠습니다.”

“아, 예.”

“왜 안 가셨죠?”

“그냥요. 그쪽은 왜?”

“그냥입니다.

저도.”

그녀가 웃었다.

“우리 오늘……,

처음 만났습니다.”

“재밌네요. 우리도 그런데.”

그녀가 물었다.

“가실 거죠? 앞으로요.”

“예, 가야지요.”

“왜요?”

“저는 원래

후진을 안 합니다.”

“…….”

“혹시 그쪽도,

후진이 싫습니까?”

“싫어하는 건 아니지만,

서툴러서……,

너무!”

마침 길옆에 적당한 크기의 돌들이 눈에 띄었다. 나는 돌들을 가져와서 적당한 간격으로 물길에 놓았다. 그녀는 조용히 지켜보기만 했다. 드디어 물길에 근사한 징검다리가 생겼다. 그녀가 말했다.

"멋지네요."

"뭐, 이 정도야!"

"솜씨가 대단하네요."

"우리 집안 내력입니다."

내 기분이 조금 고양되었다.

"제가 먼저 건너갈 테니 잘 보고 따라오세요."

나는 호흡을 가다듬고 단숨에 돌길을 건너갔다. 물이 많은 것도 아니고 거리가 긴 것도 아니라서 별로 어렵지는 않았다. 문득 스스로가 대견하다는 생각이 들었다. 순간적이지만, 내가 어벤져스 멤버 중의 하나가 된 느낌이 들었다. 그녀에게 오라는 손짓을 했다.

그녀는 물끄러미 나를 쳐다보았다. 여전히 무심한 얼굴이다. 그 순간 이름 모를 새 한 마리가 알 수 없는 소리를 내며 날아올랐다. 우리는 동시에 그 새를 보았다. 바람이 분다. 5미터 물길을 사이에 두고 우리는 마주 보고 서 있다. 서부 영화의 결투 장면이 떠올랐다. 두 사람이 허리에 권총을 차고 있다면 딱 그 결투 신이다.

어느 쪽이 빠를까? 긴장의 레벨이 높아진다. 드디어 그녀가 총을 뺐다. 아니 총은 아니고 다리를 뺐다. 그녀가 앞으로 걷기 시작했다. 그냥 물 위로 말이다. 내가 만든 돌길은 안중에도 없는 듯. 첨벙, 첨벙,

첨벙! 그녀의 발걸음은 거침이 없다. 물방울이 사방으로 튄다.

순간적으로 나는 코뿔소의 환상을 보았다. 목표를 향해 돌진하는 하얀색의 맑고 거칠고 아름다운 들짐승 말이다. 맞다. 그녀는 무소의 뿔처럼 혼자서 간다. 아니 온다. 나를 향해서 말이다. 나는 전율했다. 이렇게 온몸으로 느끼는 전율은 지구에 태어나서 처음이다.

2화
통성명

그녀가 물었다.

"실례지만 이름이……."

"신납니다."

"누가 신나요?"

"제가요."

"…….…."

"이름이 '신나' 라고요."

"아, 신나시구나."

"신납니다.

　늘."

내가 물었다.

"성함이……."

"저요?

　캐시예요."

"성이 캡니까?"

"아니 애칭입니다."

"이상한데……."
"뭐가요?"

내가 빙긋 웃었다.
"과자 이름처럼 들려서요."
"그래서 먹고 싶나요?"
"먹히고 싶어요."

그녀가 살짝 찡그렸다.
"이거, 야한 얘기
 아니지요?"

내가 미소를 지었다.
"과자가 뭐가
 야해요?"

그녀가 밝게 웃었다.
"우리 서로 애칭으로 부르죠."
"우리요?"
"예, 너와 나."

내 눈이 그녀를 향했다.
"저는 아직 애칭이 없습니다."
"제가 지어 드릴까요?"
"그래 주면 고맙죠."

"코코 어때요?"

"코코요?

뭐, 좋습니다."

이후로 그녀와 나는 캐시와 코코라는 이름을 사용했다. 3개월쯤 지난 어
느 날 '코코'가 무슨 뜻인지 그녀에게 물었다.

"별 뜻 없어요."

"…… ."

"강아지 이름예요.

옛날에 내가 키우던."

내가 고개를 들었다.

"예? 개 이름이라고요?"

"개 아니고……,

강아지요."

3화

프러포즈

달빛 내리는 강변에서 내가 말했다.

"친애하는 캐시, 기뻐해 주세요. 제가 캐시와 결혼해야 하는 이유 아홉 가지와 결혼할 수 없는 이유 한 가지를 찾아냈습니다."

"…….."

"어느 쪽을 먼저 듣고 싶습니까?"

"전자는 됐고요,
후자 쪽을 말해 보세요."

나는 심호흡을 한 다음 입을 열었다.

"인간적으로 캐시는 완전합니다. 너무 완전합니다."

"…….."

"완전하다는 것이야말로 가장 불완전한 것이다. 일테면, 물이 가득 찬 컵은 더 이상 컵일 수 없다. 공자님 말씀이지요."

"공자 확실해요? 노자 아닌가요?"

"그런가? 하여간요."

그녀가 별로 감동한 얼굴이 아니어서 나는 실망했다. 근데, 내가 지금 프러포즈한 거 맞나? 아니, 프러포즈하려고 한 게 맞나? 그녀가 갑

14

자기 쪼그리고 앉았더니 클로버 잎을 고른다. 잠시 후 그녀가 클로버 잎
하나를 내민다. 뭐야? 세잎클로버잖아! 그녀가 말했다.

"슬퍼해 주세요. 제가 방금 당신과 결혼하지 말아야 할 이유 아홉
가지와 당신과 결혼해야 하는 이유 한 가지를 찾아냈습니다."

허리를 바로 펴면서 내가 근엄하게 말했다.

"전자는 영원히 비밀로 해 주시고,
  후자 쪽을 듣기로 하죠."

그녀의 표정이 조금 짓궂어 보인다.

"일테면, 코코는 순수합니다.
  너무 순수합니다."

"…… ."

"지금처럼,
  농담할 때도 말이죠."

"농담 아닌데요."

"긴데요."

4화

개미

산에는
개미가 많다.

캐시가 나를 돌아본다.
"코코, 개미를 좋아하세요?"
"엄청 좋아합니다."
"부지런해서요?"
"누가 그래요? 개미가 부지런하다고."

우리는 과자 부스러기를 개미들에게 주어 보았다. 이상한 현상이 금세 발견되었다. 많은 개미가 과자를 물었지만, 일부 개미들은 그냥 지나쳐 갔다. 과자가 보이면 아예 방향을 바꾸는 놈들도 있었다. 일부러 과자를 피하는 게 확실했다. 내가 말했다.
"상당수의 개미가 그냥."
"……."
"일하는 척하는 겁니다."
"하지만 쉬지 않고 돌아다니잖아요?"
"심심해서 그런 겁니다. 먹이를 찾는 게 아니고."

어느 순간 두 그룹의 개미들이 전쟁을 시작했다. 말만 들었지, 개미들이 전쟁하는 거 처음 본다. 한쪽은 붉은색 개미이고 다른 쪽은 검은색 개미이다. 싸움은 치열했다. 캐시에게 물었다.

"누가 이길까요?

성실한 팀과 불성실한 팀이 싸우면."

"불성실한 팀이 뭔데요?"

"농땡이들이 있는 팀이요."

"당연히 성실한 팀이 이기겠죠."

"예, 성실한 팀이 백번의 99번은 이깁니다.

그런데 말입니다……."

"…….."

"단 한 번의 패배로.

성실한 팀은 멸종합니다."

캐시가 나를 본다.

"그건 왜요?"

"최후의 1인까지 싸우다 장렬하게 전사할 테니까요."

"농땡이들이 있는 팀은 멸종하지 않나요?"

"여간해선 멸종하지 않습니다."

"그건 왜 그렇죠?"

"농땡이 중 일부는……,

싸우지 않고 관망만 하니까요."

"질 것 같으면 도망치나요?"

17

내가 웃었다.

"그들이 다시 번식하는 거죠."

"길게 보면 불성실한 종이 강한 거네요?"

"지속성으로 보면 그렇죠."

"역설이네요."

"산다는 게 역설의 연속이죠."

내가 일개미로 살면 좋은 점을 요약해 주었다.

"첫째, 개미는 자유롭게 일합니다."

"그런가요?"

"누구도 지시하지 않습니다.

 일하고 싶으면 하고, 놀고 싶으면 놉니다."

"그렇군요. 그 점은 부럽네요."

"둘째, 개미는 주로 물 맑고, 공기 좋고, 경치 좋은 곳에서 살죠. 셋째, 개미는 끊임없이 여행과 모험을 즐기며 살지요. 넷째, 이게 중요한데요, 개미는 이성 문제로 골치 아플 일이 없어요."

캐시가 말을 끊었다.

"자손을 남기지 못하니 허무하지 않나요?"

"아닙니다. DNA 관점에서 보면 일개미 스스로 새끼를 낳는 것보다 여왕개미가 새끼를 낳는 것이 유리합니다. 이론적으로 그래요."

고개를 끄덕이며 캐시가 물었다.

"우주에서 보면 우리가 개미로 보이겠죠?"

"더 작게 보일 겁니다. 아니, 그냥 점으로 보일 겁니다.
 아니다. 아예 안 보이겠죠."

캐시가 웃었다.
"환생한다면,
 개미로 태어나고 싶으세요?"
"개미로? 내가요?"
"싫으세요?"

내가 대답했다.
"캐시도 그래 준다면……."
"내가 여왕개미로요?"
"둘 다 일개미로요."
"동성애 하게요?
"친구 하게요."

5화
아스팔트 위의 꽃

넓은 아스팔트 길 위에 이름 모를 풀꽃 하나가 피어 있다. 놓인 지 얼마 안 된 아스팔트인데 작은 틈새를 비집고 피어 있다. 새벽하늘 샛별처럼 청초하고 우아하다. 캐시의 입에서 감탄사가 나온다.

"놀랍네요."

"정말 아름답죠?"

"이건 한 편의 드라마예요."

캐시가 물었다.

"누가 이런 작품을 만든 거죠?"

"자유……, 자유가 만든 작품입니다."

캐시가 고개를 갸우뚱했다.

"자유가 만든 작품?"

"세 종류의 자유가 연합한 결과죠."

"연합? 어떻게 말입니까?"

내가 말했다.

"첫째는 아스팔트의 자유입니다."

"……."

"아스팔트가 꿈틀대며 작은 틈새를 만든 거죠.
 꿈틀댈 수 있는 자유 말입니다."

"꿈틀댈 자유라……."

캐시가 물었다.

"둘째는 뭡니까?"

"둘째는 바람의 자웁니다."

"……."

"바람은 동서남북 어디든 다닙니다.
 바람에 날린 흙과 유기물이 틈새를 메운 거죠."

캐시가 다시 꽃을 본다.

"셋째는요?"

"셋째는……,
 꽃씨들의 자웁니다."

"……."

"꽃씨들이 사방으로 퍼져 나간 거죠.
 꽃씨에겐 학교도 선생님도
 없으니 말입니다."

"그러네요."

"해서,
 꽃씨 중 하나가……,
 아스팔트 틈새에 떨어진 것이고요."

캐시가 말했다.

"아스팔트가 피워 낸 한 송이 꽃,
 너무 신기합니다."

"아닙니다."

내가 멈췄다.

"로또 말입니다."

"……."

"누군가는 당첨됩니다.
 풀꽃 씨도 다르지 않습니다.
 누군가는 그 틈새로 들어갑니다."

"무슨 뜻이죠?"

"신기할 게 없다는
 뜻입니다.
 전혀."

캐시가 고개를 끄덕인다.

"우연으로 보이지만 우연이 아니군요."

"예, 기적으로 보이지만,
 기적이 아닙니다."

내가 말했다.

"이건 필연입니다.
 자유가 만든 필연입니다."

"자유의 힘이 위대하군요."
"예, 위대하면서,
　숭고합니다."

캐시가 웃었다.
"정말 다행이네요."
"……."
"자유세계에 태어난 거요."

6화
강도

그날은 날씨도 흐렸다. 한적한 공원에서 세 명의 남자가 우리를 향해 걸어왔다. 나는 순간적으로 불안감에 휩싸였다. 그들이 가까이 왔을 때 나는 휴대폰을 꺼내서 뭔가 말하는 시늉을 했다. 그들이 나와 캐시를 둘러쌌다. 그들의 손에는 날카로운 칼이 들려 있었다.

"형씨, 초면에 미안한데 돈 좀 적선하시게."

내가 침착하게 말했다.

"캐시, 염려 말고 지갑을 꺼내세요."

나는 캐시의 지갑과 내 지갑을 내밀며 말했다.

"좀 전에 내가 신고하는 거 보셨죠. 이거 갖고 떠나시오."

그런데 강도들은 지갑을 받고도 움직일 기미가 없다. 주변은 어두워지고 인적도 없다. 떡대가 큰 놈이 앞으로 나서며 말했다.

"기왕 적선하는 김에 애인도 좀 빌려주시게."

"……."

"딱 15분이면 되겠는데."

나는 소름이 끼쳤다. 15분이 무엇을 의미하는지가 이해되었기 때문이

24

다. 수많은 생각들이 파도처럼 지나갔다. 생뚱맞게 소설 『노인과 바다』에서 상어와 싸우는 노인이 떠올랐다. 내가 말했다.

"나에게 한 가지 조건이 있소."

"말해 보시게."

"나도 남자요. 존심이 있소. 일 대 삼으로 한 판 붙어봅시다. 칼은 쓰지 말고 주먹으로 말이요. 살인은 당신들도 싫지 않소?"

"……."

"일 대 삼인데 겁납니까?"

"……."

"그렇게 간이 작은 사람들이 강도 짓을 합니까?"

일순 강도들의 표정이 험악해졌다. 나는 한 발 뒤로 물러섰다. 나는 침착하게 재킷을 벗었다. 벗은 재킷을 땅에 놓았다. 허리를 펴는 순간 나는 번개처럼 몸을 날려 떡대의 턱에 주먹을 날렸다.

"헉!"

떡대가 비명을 질렀다. 길어야 5분, 나는 젖 먹던 힘까지 끌어모아서 상대를 공격했다. 떡대와 또 한 놈을 쓰러트렸다고 생각했는데 그 후로는 기억이 없다. 어느 순간 정신을 잃었기 때문이다.

"코코, 정신 차려요."

캐시가 몸을 흔드는 게 느껴졌다. 정신이 돌아왔다. 강도들은 보이지 않았다. 하복부에서 날카로운 통증이 밀려왔다. 와이셔츠 앞쪽이 피로 붉게 물들어 있다. 캐시가 근심스러운 얼굴로 말했다.

"빨리 병원에 가야 해요."

"캐시는 괜찮아요?"

"괜찮아요."

온몸이 시큰거렸다. 병원은 한가했다. 의외로 하복부의 상처는 심하지 않았다. 의사가 다섯 바늘 꿰맸다. 캐시가 말했다.

"경찰에 신고부터 해야죠?"

"왜요?"

"칼에 찔렸잖아요."

"아니, 찔린 게 아닙니다.
 재킷을 벗으면서 내가 그은 겁니다."

"예? 자해를 한 거라고요?"

"예, 만년필로."

"왜요?"

내가 캐시를 쳐다보았다.

"전하고 싶은 메시지가 있어서요."

"메시지요? 누구에게요?"

"강도들에게요."

"어떤?"

"첫째, 우리 중 하나가 찔렸겠지.
 둘째, 이렇게 피를 흘리면 죽을지 모르겠네.
 셋째, 칼에 찔려서도 덤비네. 만만한 상대가 아닌데."

캐시가 웃었다.

"그래서 강도들이 떠난 거군요."

"그보다는 경찰이 도착할 때가 되어 설 겁니다."

"그때 정말로 경찰에 신고했나요?"

"그들은 믿었을 겁니다."

한 달 후쯤 캐시가 문득 말했다.

"전번 강도를 만났을 때 침착하던데요."

"사실은 침착한 척한 겁니다."

"격투기 배웠어요?"

"내가 이긴 싸움이 아니잖아요?"

"두 놈은 한동안 일어나지 못했어요."

내가 말했다.

"학생 때 복싱했어요.

세계 챔피언이 되고 싶었지요."

"왜 그만뒀어요?"

"먹고 살기 어려워서요.

국내 챔피언도 못 됐으니."

"아, 그래서 교수가 되었군요?"

"교수 말고도 이것저것 많이 했어요.

암흑세계의 일도 했죠.

친구와 잠시."

7화

짧은 이별

세상에

쉬운 일 없다.

특히 연애가 그렇다.

내가 말했다.

"미국으로 연수 떠납니다."

"무슨 연수요?"

"일종의 교육이죠."

"가서 뭘 배울 건데요?"

"뭘 배울지를 배울 겁니다."

캐시가 입을 열었다.

"오래 있어요?"

"대략 4개월입니다."

"기간이 좀 애매하네요."

"애매하다니요?"

"떨어져 있기엔 너무 길고……,

 그렇다고 새 연인을 구하기엔 너무 짧고."

미국 생활은 재미있었다. 함께 연수를 온 김 교수 때문이다. 김 교수는 나와 성향과 취미와 관심사가 비슷했다. 김 교수가 말했다.

"우린 똥배짱이 맞는군요."

"똥은 뺍시다."

우리는 함께 공부하고, 함께 연구하고, 함께 논문을 썼다. 주말에는 가끔 1박 2일 여행을 가기도 했다. 여행 중에 우리는 매번 잠은 따로 잤다. 왜냐하면 김 교수는 여자이고, 처녀이고(아니, 미혼이고), 게다가 그녀는 충분히 부담스러울 정도로 예뻤기 때문이다(우리 아버님이 입버릇처럼 말씀하셨다. 예쁜 여자와 굶주린 늑대는 조심해야 한다고).

뇌 공학을 전공한 그녀는 전형적인 학자이다. 아니, 지나치게 학자이다. 그녀는 철저하게 이성적이고 합리적이고 계산적이다. 한마디로 그녀는 천재이다. 문제는 오직 학문에 대해서만 그렇다는 점이다. 다른 분야는 완전히 젬병이다. 예를 들어, 섹스에 대해서는 거의 문맹 수준이다. 오죽하면 내가 이런 질문까지 했겠는가?

"애가 어떻게 생기는지 아세요?"

"나도 그 정도는 알아요."

"어떻게 생겨요?"

그녀가 대답했다.

"수컷 정자와 암컷 난자가 수정하여."

"그러니까 그 둘이 언제, 어떻게, 왜 수정하냐고요?"

"글쎄요. 근데, 그 질문을 왜 나한테 해요?"

"아니면 누구한테 해야 합니까?"

"정자와 난자에게 해야죠."

여행을 갈 때마다 기념엽서를 사서 캐시에게 부쳤다. 때로는 기념품을 사서 함께 부치기도 했다. 그때마다 김 교수의 조언을 구했지만 별로 도움이 되지는 않았다. 왜냐하면 그녀는 언제나 볼펜, 그러니까 기념 볼펜만 추천했기 때문이다. 펜이 백보다 강하다면서.

캐시에게 편지를 쓸 때마다 한 가지 문제가 있었다. 글 중에 김 교수가 너무 자주 등장하는 거다. 당연한 것이 매사를 그녀와 함께했기 때문이다. 글에서 김 교수를 억지로 빼 버리면 글의 앞뒤 문맥이 맞지 않거나 심지어는 거짓말이 되어 버렸다. 그야말로 진퇴양난이다. 쩔쩔매고 있는 나를 보고 김 교수가 웃었다.

"내 얘기를 왜 빼는데요?"

"예?"

"우린 그냥 친구잖아요. 동료요."

결국 영리함과 슬기로움을 버리는 대신 편함과 솔직함을 택하기로 했다. 이후 캐시에게 보내는 모든 편지에 감초처럼 김 교수가 등장했다. 내가 용기를 낸 건 김 교수의 어설픈 조언 때문만이 아니다. 캐시가 언젠가 나에게 했던 말이 불현듯 떠올랐기 때문이다.

"코코의 최고 매력은 순수함에 있어요."

그래도 캐시가 어떻게 생각할지 조금은 염려되기도 했는데, 정작 캐시의 반응은 의외였다. 캐시는 김 교수를 개의치 않았을 뿐만 아니라 오히려 흥미를 보이기까지 했다. 심지어는 김 교수를 한번 만나보고 싶다는 말도 했다. 캐시의 엉뚱함은 익히 알고 있었지만, 이 정도일 줄은 몰랐다. 혹시 나라는 존재에 대해 관심이 없었다는 얘기인가? 근데 그게 아니었다. 캐시가 그렇게 의연한 데는 이유가 있었다.

어느 날부터인가 캐시가 보내 오는 편지에 박 실장이 등장했다. 박 실장은 대기업의 기획실장이다. 캐시는 박 실장이 남자 친구라고 했다(캐시가 남자 친구라고 하면 진짜로 친구를 의미한다. 물론 예외가 전혀 없는 건 아니다). 나는 조금 실망했다. 내가 실망한 건 캐시에게 남자 친구가 생겼기 때문이 아니다. 캐시가 남자 친구를 만난 시점이 내가 캐시에게 김 교수 얘기를 하기 전인 것처럼 느껴졌기 때문이다.

길고도 짧은 4개월간 나는 기묘한 체험을 했다. 두 여자와 동시에 친하게 지내는 체험 말이다(눈 떠서 만나는 여자와 눈 감아서 만나는 여자 말이다). 비록 캐시와의 관계는 애정에 가깝고 김 교수와의 관계는 우정에 가까웠지만, 둘 다 정은 정이라서 그 경계는 모호한 점이 있다.

꿈속에서도 여자가 자주 등장했는데, 그 정체가 매번 달랐다. 즉, 어떤 때는 캐시가 등장하고, 어떤 때는 김 교수가 등장하고, 또 어떤 때는 제3의 여자가 등장했다. 나는 특히 그 제3의 여자를 좋아했는데, 꿈속이긴 하지만, 키스 이상의 행동을 하는 경우도 있었다.

그런데 꿈을 깨고 나면 좀 이상한 생각이 들었다. 그 제3의 여자 말이다. 그녀는 캐시도 아니고 김 교수도 아니다. 그렇다고 캐시가 아닌 것도 아니고, 김 교수가 아닌 것도 아니다. 일테면, 김 교수와 캐시가 짬뽕된 것처럼 느껴지는데 그 비율은 매번 달랐다.

연수가 끝나서 김 교수와 나는 귀국했다. 나는 비행기 도착 시간을 캐시에게 알렸다. 그녀가 도착 시간을 알려 달라고 당부했기 때문이다. 인천공항이 가까워지자 김 교수가 말했다.

"따로 나가는 게 좋겠죠?"

"왜요?"

"남친이 젊은 여자와 등장하는 게,
 좋은 그림은 아니잖아요?"

내가 웃었다.

"아니, 그 반대입니다."

"반대? 뭐가 반대라는 거지요?"

"나가 보면 압니다."

잠시 후 내 생각이 옳았다는 게 증명되었다. 늘 그렇지만, 나쁜 예측은 잘 맞는 법이다. 캐시 옆에 한 건장한 남자가 서 있었다. 맞다. 바로 캐시의 남친 박 실장이다. 우리 넷은 서로 반갑게 인사했다. 네 사람 모두 표정이 너무 밝고 당당해서 나는 자연스럽게 인지했다. 즉, 김 교수와 내가 그랬던 것처럼, 캐시와 박 실장도 키스 한 번 못 해 봤을 거라는 사실 말이다(나중에 들었는데, 사실이 그랬다).

그날 밤 우리는 많은 시간을 함께 보냈다. 우리는 함께 식당에 가고, 함께 술집도 가고, 함께 명동거리를 휘젓고 다녔다. 마지막으로 노래방에 가서 악을 쓰며 노래했다. 블랙 핑크의 노래 〈나는 SOLO〉.

"　·

　　·

　　·

　　빛이 나는 솔로,

　　빛이 나는 솔로."

모임은 다음 날 한 시쯤에서야 끝이 났다. 악수하고 헤어지면서 나는 우리가 아주 옛날부터 굉장히 친한 사이였던 것처럼 느꼈다. 내가 그렇게 말했더니 세 사람 모두 고개를 끄덕였다.

그날 이후 우리는 자주 만났다. 셋이 만나는 경우는 거의 없고 대개는 넷이 만나거나 둘이 만났다. 특별한 이유는 없고 어쩌다 보니 그리되었고 나중에는 그것이 마치 오래된 관례처럼 되어 버렸다.

내 경우 둘이 만날 때의 상대는 다양했다. 캐시를 만날 때도 있고, 박실장을 만날 때도 있고, 김 교수를 만날 때도 있었다. 그런데 최근 들어 김 교수와의 만남이 빠르게 줄어들더니, 이젠 거의 만나지 않게되었다. 주로 그녀 쪽에서 만남을 피했다. 캐시에게 물었다.

"캐시, 요즘 박 실장과도 계속 만납니까?"

"아니요. 요즘은 거의 안 만나요."

"왜요? 캐시가 피합니까?"

"박 실장이 피해요."

"난 김 교수가 피하던데……."

캐시와 나는 마주 보았다. 그리고 소리쳤다.

"이거, 뭔가 이상한데!"

대략 3개월 후 캐시와 나는 똑같은 청첩장을 받았다. 예상했던 대로 김 교수와 박 실장의 결혼 소식이다. 결국 본의 아니게(전혀 본의는 아니다.) 캐시와 내가 중매쟁이 역할을 한 셈이 되었다.

그때 알았다. 김 교수와 박 실장이 부잣집 자식이라는 사실. 결혼 식이 엄청 비까번쩍했기 때문이다. 캐시가 말했다.

"만날 때마다 돈은 내가 냈는데……."

"나도 그런데……."

결혼식이 끝나고 사진까지 찍었을 때, 신랑과 신부가 캐시와 나를 따로 불러냈다. 신랑은 나에게 명품 시계를 선물했고 신부는 캐시에게 명품 백을 선물했다. 돌아오는 차 안에서 캐시가 물었다.

"코코, 연수 갈 일 또 없어요?"

"왜요?"

"명품 백에 어울리는 구두가 없어서요."

내가 진지한 표정으로 말했다.

"구두는 내가 사 줄게요."

"코코가요? 왜요?"

"이번엔 집토끼를 지켰지만,
 매번 운이 좋을 순
 없잖아요."

8화

킬러

어느 날 이상한 메일을 받았다. 캐시가 킬러라는 얘기였다. 앞뒤 맥락이 농담처럼 보이지는 않았다. 그래서 캐시에게 물었다.

"킬럽니까?"

"예?"

"캐시가 킬러냐고 물었습니다."

캐시가 나를 쳐다본다. 어이없다는 표정이다.

"킬러냐고 물어서 킬러라고 답하는 사람은 킬러일까요?"

"그런가요? 생각해 보니 좀 그러네."

캐시가 웃었다.

"질문이 그렇잖아요?"

"맞습니다."

"…… ."

"그런데요."

"…… ."

"캐시, 킬러 아니지요?"

캐시가 물었다.

"이 시대에 킬러가 필요한가요?"

"세상엔 법으로 응징할 수 없는 악당들이 있기는 하지요."

"킬러를 추존하세요?"

"추존? 살인자를 내가 왜요?"

"만일에 내가 진짜 킬러라면요?"

"그래도 추존 안 합니다."

"나를 떠날 건가요?"

내가 단호하게 대답했다.

"안 떠납니다."

"왜요?"

"지켜야죠."

"누굴 지켜요?"

"캐시요."

"여자라서요?"

"아니, 캐시라서요."

캐시의 고개가 나를 향했다.

"왜 킬러 아니냐고 물은 거죠?"

"어제 메일을 받았어요."

"어떤 메일이요?"

"⋯⋯."

내가 화제를 돌렸다.

"작년 강도 사건 때 말입니다."

"그 강도 사건이 왜요?"

"그 강도들,

　좀 이상했죠?"

"뭐가 이상해요?"

"너무 신사적이랄까?"

캐시가 물었다.

"너무 쉽게 물러난 거 아니냐?"

"안 그래요? 나쁜 짓에도 결이라는 게 있는데.

　왠지 결이 안 맞는 느낌입니다."

캐시가 고개를 저었다.

"쉽게 물러난 건 아니죠."

"아니면요?"

"근데, 왜 자꾸 나한테 물어요?"

"아, 제가 그랬나요?

　미안합니다."

내가 침착하게 말했다.

"사실은 그 일을 조사해 봤어요."

"강도 사건 말인가요?"

"예, 그 사건."

"그런데요?"

"남자 셋이 동시에 실종됐어요.
 거기 인근 마을에서요."

"그 강도인가요?"

"아마요."

캐시가 무덤덤하게 말했다.

"죽은 건 아니고, 마을을 떠났을 겁니다."

"예? 캐시가 그걸 어떻게 알아요?"

"나야 당연히 모르죠.
 직감이 그래요."

"직감?"

헤어질 때 다시 물었다.

"저, 캐시 킬러 아니지요?"

캐시가 한동안 나를 바라본다.

"코코, 솔직하게 말해 봐요.
 캐시가 킬러라고
 생각해요?"

"아뇨."

캐시가 말했다.

"코코가 아니라면,
 아닙니다."

9화
캐시는 마법사

캐시가 물었다.
"빨강 권총 봤어요?"
"빨강 구두는 봤습니다."

캐시가 권총을 보여 주었다.
"너무 작지요?"
"작지만 멋지네요."
"알아주는 명품입니다."

내가 물었다.
"권총 소유 불법 아닌가요?"
"허가받았습니다.
 당연히요."

잠시 후 캐시가 물었다.
"제 권총 어쩌셨어요?"
"예? 어쩌다니요?"
"감췄잖아요?"

"내가요?"

캐시가 두 손을 쳤다.
"알았다. 코코 입속에 숨겼군요."
"내 입이 얼마나 크다고 총이 들어가요?"

내가 웃으며 입을 크게 벌렸다. 마치 내 입속에서 총을 꺼내기라도 할 것
처럼, 캐시가 작은 손가락을 내 입속에 찔러 넣었다.
"보세요. 여기 총……,
　맞잖아요?"

뭐야? 캐시의 손바닥 위에 권총이 있다.
"캐시 정체가 뭡니까?"
"정체요? 수학 선생인데요."
"요즘 수학과에선 마술도 가르쳐요?"
"수학이 마술로 보이긴 하죠.
　숫자의 마술…… ."
"됐습니다."

캐시가 물었다.
"마술사 처음 보세요?"
"여자 마술사는 처음 봅니다."

내가 물었다.
"마술 어떻게 배웠죠?"

"우리 아빠가 도박을 좋아했어요.
 재산을 조금 탕진했죠."
"원망스럽겠네요?"

캐시가 웃었다.
"원망이요? 그런 거 없어요.
 자기 돈 자기가 쓰는 데 누가 뭐래요?"
"처자식은 굶기지 말아야지요."
"굶주린 적 없습니다."

내가 말했다.
"아빠에게 배우셨군요.
 지금 보여 준 그 재주 말입니다."
"아빠 친구에게 배웠어요. 도박과 마술."
"도박? 도박도 잘해요?"
"잘합니다."

내가 물었다.
"원해서 배웠나요?
 배우기 쉽지 않았을 텐데."
"예, 재능도 있고 좋아했으니까요."
"해서 타짜 소리 듣나요?"
"예, 듣습니다.
 종종."

"자랑스러우세요?

　가문의 영광인가요?"

"가문의 수치는 아니지요."

내가 웃었다.

"근데, 총은 왜 배운 거죠?"

"아빠가 그랬어요. 마음은 몰라도……."

"…….."

"내 몸은 내가 지키는 거라고."

"그렇다면 태권도를 배우지 그랬어요?"

"여자의 주먹은 남자의 주먹을 이기지 못해요."

"그럼, 펜싱이나 검도를 배우시든가."

"칼도 여자가 남자를

　못 이겨요."

내가 고개를 끄덕였다.

"그래서 총을 배운 거군요."

"총알은 남녀를 차별하지 않으니까."

나무 위에 참새 한 마리가 앉아 있다.

"총 실제로 많이 쏴 봤어요?"

"사격 선수였어요."

"언제요?"

"고등학교 때요."

"혹시……, 뻥 아녜요?"

"보여 드릴까요?"

"아, 아뇨."

다음 순간 '탕' 하는 소리와 함께 나무 위의 참새가 뚝 떨어졌다. 땅에 떨어진 참새는 푸드덕거리면서 다시 날아올랐다.

"진짜로 쏩니까? 생명은 소중합니다."

"참새 앉은 가지 쐈어요."

"참새는?"

"잠시 놀란 거예요."

"참새보다 내가 더 놀랐습니다."

내가 물었다.

"화나면 사람도 쏠 겁니까?"

"예, 많이 나면요."

"나도?"

"만일 코코를 쏜다면……."

"쏜다면?"

캐시가 말했다.

"그-다음은……,

내 머리를 쏠 겁니다."

10화
전람회

어느 날 캐시가 초대장을 보내왔다. 개인전을 연단다. 타이틀이 '꽃과 새'이다. 조금 의아했다. 캐시가 미술을 전공했다는 얘기를 들은 적이 없어서다. 전시실 입구에서 캐시를 만났다.

"캐시는 정말 재주가 많네요."

"취미가 많죠."

놀랍게도 전시된 작품이 딱 하나다. 넓은 벽을 꽉 채울 만큼 큰 대작이다. 그런데 추상화라서 그런가? 엄청 혼란스럽다. 소주 두 병을 원샷으로 마시고 아마존 밀림을 보는 느낌이다. 캐시에게 말했다.

"뭐가 뭔지 모르겠지만 대단해 보입니다."

"제가 보기에는 그저 그런데요."

"겸손이 지나치시네요."

"사실인 걸요."

그런데 이상한 점이 있다. 아무리 봐도 꽃과 새가 보이지 않는다. 전람회 타이틀이 '꽃과 새'인데 말이다. 추상화라서 그런가?

"한 가지 이상한 게……."

"뭔데요?"

"꽃과 새가 없네요?"

"……."

"타이틀이 '꽃과 새' 잖아요?"

캐시가 웃었다.

"있어요. 찾아보세요."

"없어요. 아까부터 찾아봤어요."

"좀 신중하게 찾아보세요."

"너무 추상화됐나?"

"그건 아니고……,
 고정관념을 버려 보세요."

"고정관념……."

잠시 후 내가 물었다.

"새가 몇 마리 있습니까?"

"정확하게 아홉 마리입니다."

"꽃은 몇 송이 있습니까?"

"아홉 송입니다."

나는 안경을 고쳐 썼다. 뚫어지게 그림을 응시했다. 위치를 바꾸기도
하고 자세를 바꾸기도 했다. 하지만 새와 꽃은 보이지 않는다.

"GG!"

"G, 뭐요?"

"포기한다고요."

"하나도 못 찾았어요?"

"한 마리도, 아니 한 송이도."

"그래요?"

"거대한 벽 앞에 서 있는 느낌입니다."

"벽 앞에 서 있는 건 맞지요."

캐시가 싱긋 웃는다. 기분이 좀 나쁘다. 바보가 된 느낌이다. 캐시가 내 손을 잡았다. 캐시가 그림 앞에 있는 줄을 넘어갔다.

"줄을 넘어가도 됩니까?"

"줄은……, 넘어가라고 있는 겁니다."

주변 사람들이 웅성거리며 우리를 쳐다본다. 뭐 저런 몰지각한 사람이 있어? 그런 눈빛이다. 캐시가 작은 목소리로 말했다.

"코코, 벽 가까이 가 보세요."

"이렇게요?"

"더 가까이요. 더요."

그 순간 내 입에서 탄성이 새어 나왔다.

"보입니다. 새들이 보입니다."

아이 손가락보다 작은 새들이 복잡한 무늬 틈틈이 숨어 있는 게 아닌가. 단지 줄 밖에서는 보이지 않을 정도로 너무너무 작다.

잠시 후 내가 고개를 갸우뚱했다.

"근데 꽃이 안 보이네."

"잘 보세요."

"잘 봐도 안 보입니다."

"앞이 아니라 밑을 보세요."

"그럼 밑 어디요?"

"바닥이요."

바닥에 뭔가 반짝이는 게 있다. 자세히 살펴보았다. 한두 개가 아니다. 하나를 들고 보니 작고 둥글고 투명한 유리다.

"유리가 있네. 무슨 렌즈 비슷한 데,

가만 보자. 돋보기 맞네요."

캐시가 말했다.

"그 돋보기로 찾아보세요."

"어디를 찾아봐야죠?"

"새 눈깔이요."

내 입에서 두 번째 탄성이 터져 나왔다.

"눈깔 안에 꽃이 있네요."

"예쁘죠?"

"예, 예쁘네요."

우리는 뜨거운 커피를 마셨다.

"꽤 힘드셨겠어요. 그림말입니다."

"아, 저기 걸린 그림이요?"

"사이즈가 장난 아닌데."

"내 작품 아녜요."
"도와주는 사람이 있었군요."

캐시가 방긋 웃었다.
"사람 아니고."
"…… ."
"메뚜기와 생쥐……,
 그리고 고양이와 강아지요."
"생쥐가 도와줘요?
 어떻게요?"

캐시가 손바닥을 폈다.
"총 다섯 단계를 거쳤어요."
"다섯 단계요?"
"첫째, 큰 종이를 바닥에 깔고,
 접시 모양의 물감 통을 여기저기 놓아요.
 다양한 색깔로 여러 개를."
"그리고요?"
"둘째, 수백 마리의 메뚜기를 풀어요."
"그리고요?"
"셋째, 스무 마리의 생쥐를 풀어요."
"그리고요?"
"넷째, 다섯 마리의 고양이를 풀어요."
"그리고요?"

"다섯째, 한 마리의 강아지를 풀어요."

"그리고요?"

"모든 절차가 끝났어요.

 이제 작업실 문을 닫고 나오면 돼요."

내가 물었다.

"그래서 어떤 일이 일어나는 거죠?"

"보진 못했어요. 아마도 생쥐는 메뚜기를 먹으려 할 거고, 고양이는 생

쥐를 죽이려 할 거고, 강아지는 고양이를 쫓겠지요."

"보나 마나 난장판이겠군요?"

"아마요."

내가 고개를 끄덕였다.

"저 그림이 그렇게 만들어진 거군요."

"세 시간 후에 열어 보니,

 저게 있었어요."

내가 눈살을 찌푸렸다.

"끔찍했겠네요?"

"뭐가요?"

"학살 현장."

캐시가 웃었다.

"그렇지도 않아요."

"예?"

"학살 현장 없었어요."

"설마요?"

"죽은 놈 많지 않았어요."

"그럴 리가. 믿기지 않네요."

"대부분 지쳐서 쉬고 있었어요."

"……."

"동물들이 그렇게 잔인하지 않아요.
 인간들이나 그렇지……."

내가 물었다.

"새와 꽃은 직접 그렸어요?"

"아니요. 화가가 도와줬어요."

"캐시는 일테면, 총감독이었군요?"

"아니요. 나는 일체 상관 안 했어요."

"아! 캐시가 자금 지원했구나?"

"스폰서 따로 있어요."

뭐지? 나는 잠시 할 말을 잊었다.

"아이디어는 캐시가 제공한 거잖아요?"

"그것도 100%는 아니에요. 친구에게 들었어요."

내가 다소 짜증스럽게 물었다.

"그럼, 캐시는 대체,
 뭘 한 겁니까?"

캐시가 빙그레 웃었다.

"캐시라는 이름을 빌려줬지요.
 이 전람회 이름이 '캐시 개인전' 이거든요."

"…… ."

"관람객이 많지요?"

"그러네. 정말 많네요."

"대부분 캐시 보러
 온 거예요."

내가 웃었다.

"과연 캐시군요."

"무슨 뜻이지요?"

"이제 보인다고요."

"뭐가요?"

내가 말했다.

"아무도 못 말리는……,
 우리 모두의
 캐시."

11화
조폭과 수녀

눈이
옵니다.
펄, 펄, 펄. 펄, 펄, 펄, 펄, 펄, 펄. 펄, 펄, 펄, 펄, 펄. 펄.

캐시가 물었다.
"친구 있어요?"
"물론 있습니다."
"진짜 친구 말입니다."
"내 친구는 다 진짭니다."
"진짜의 진짜도 있습니까?"
"예, 있습니다. 한 명."
"무슨 일하세요?"
"조폭입니다."
"두목이신가요?"
"서열이 높긴 합니다."

캐시가 말했다.
"만나 보고 싶네요."

"만났습니다."

"예?"

"우리 술 마실 때 운전해 주는 사람."

"아, 그 단골 대리 운전자 ……."

"맞습니다. 그 사람입니다."

"그 사람 젠틀하던데."

"요즘은 조폭도,
 젠틀합니다."

캐시가 물었다.

"주로 무슨 일을 하지요?"

"불법과 합법의 경계에 있는 일."

"대마초 판매 같은 거요?"

"그거는 불법입니다."

내가 물었다.

"캐시는,
 친구 있습니까?
 진짜 친구 말입니다."

"있습니다."

"뭐 하십니까?"

캐시가 대답했다.

"수녀입니다."

"수녀라고요?"

"최근에 독립했습니다."

"독립했다고요?

 수녀를 혼자 합니까?"

"성당과 경전과 신자가 따로 있어요."

"그럼, 일종의 교주 아닌가요?"

"뭐, 스스로 수녀라니까."

"만나 보고 싶네요."

"만났어요."

내가 물었다.

"만났습니까? 언제?"

"우리 교통사고 난 적 있죠?"

"아, 그거. 가로수 들이받은 사고?"

"코코가 신나게 받았잖아요?

 화난 하마처럼…….."

"화난 하마요?"

"사잔가?"

캐시가 웃는다.

"그때 우리 담당 의사 기억나요?"

"그럼요. 하늘에서 내려온 백의의 선녀…….."

"선녀? 그래요. 바로 그 선녀요."

"수녀가 의사를 해요?"

"부업이지요."

며칠 후 우리 넷은 조촐하지만 의미 있는 모임을 가졌다. 수녀와 조폭 그리고 캐시와 나 말이다. 만난 곳은 수녀의 성당이다. 성당은 작지만 성스러운 기운이 감돌았다. 내가 조폭 친구와 성당에 도착했을 때 입구에 수십 명의 청년들이 도열해 있었다. 친구가 내게 말했다.

"쏘리, 안전을 위해서일세."

"누구 안전 말인가?"

"조국과 민족의……,

아니, 나."

"…….."

"현재 우리가 전쟁 중이거든."

성당 안에는 여러 사람이 모여 있었다. 더러 나이 든 사람도 있었지만 젊은 사람들이 많았다. 수녀가 캐시에게 말했다.

"오늘이 우리 성당의 정기 모임 일이야."

"신자 대부분이 젊으시네."

"나도 젊잖아."

우리는 성당의 구내식당으로 갔다. 다양한 종류의 식재료가 준비되어 있었다. 우리는 각자 할 수 있는 요리를 했다. 나는 중국 요리를 했다. 캐시는 일본 요리를 했다. 수녀는 프랑스 요리를 했다. 내 친구 조폭은 김치찌개를 했다. 수녀가 조폭에게 말을 걸었다.

"조폭이라면서요?"

"그렇게 부르고 싶다면, 그렇습니다."

"정의를 위해서 일하세요?"

"그런 편입니다."

"왜요?"

"돈이 되니까."

"정의가 돈이 되요?"

조폭이 수녀를 보며 말했다.

"조폭세계도 별로 다를 게 없습니다. 크게 두 개의 폭력시장이 있습니다. 정의의 시장과 불의의 시장 말입니다."

"어떻게 다른데요?"

"정의의 시장에선 정의를 위한 폭력이 팔리고, 불의의 시장에선 불의를 위한 폭력이 팔립니다. 둘 다 그 세계의 제품입니다."

"이론적으로 정의로운 폭력이 가능해요?"

"현실에선 가능합니다."

"양쪽 모두에서 구매자가 있습니까?"

"물론입니다. 시장 사이즈는 불의 쪽이 좀 더 크지만……."

수녀가 고개를 끄덕였다.

"근데, 왜 정의 쪽을 선택하신 거죠?"

"글쎄요."

"본성이 착한 분이군요?"

"그건 아니고……."

"……."

"불의 시장 쪽은 경쟁이 치열합니다. 시장이 크니까. 그만큼 위험부담도 큽니다. 나로서는 정의 시장 쪽이 블루 오션입니다."

"신기하네. 그런 곳도 블루 오션이 있네요."

"이유가 하나 더 있긴 한데."

"그게 뭔데요?"

조폭이 나를 가리켰다.

"저 친구가 적극 권해서요."

"어떻게 조폭이 교수와 친구 먹죠?"

"학생 시절 운동을 같이했죠. 복싱이요."

"…… ."

"저 친구 지금은 교수지만……,

아, 아닙니다."

내가 캐시를 보았다.

"둘이 잘 맞네요.

조폭과 수녀의 만남."

"극과 극은 통하는 법이지요."

"상대에게서 자신의 이면을 본 걸까요?"

"무슨 뜻이죠?"

"조폭 안에도 수녀가 있고,

수녀 안에도 조폭이 있다는 뜻입니다."

"…… ."

"다만 비율이 문제인 거죠."

캐시가 미소를 짓는다.
"그래서 우리가,
 인간이죠."

네기 개시의 손을 잡았나.
"자, 우리는 빠집시다."
"예? 아……,
 그러죠."

캐시가 중얼거린다.
"참, 이상하게 궁금하네."
"뭐가요?"
"수녀와 조폭이 아들을 낳으면……,
 그 애가 커서 뭐가 될까요?"
"필시 조폭이 되겠죠.
 수녀를 닮은."
"딸을 낳으면요?"
"뭐, 수녀가 되겠지요.
 조폭 스타일의…… ."

캐시가 나를 쳐다본다.
"딸 낳는 게 낫네."
"…… ."
"둘이 결혼한다면…… ."

내가 말했다.

"내 꿈도 그런데."

"코코 꿈이 뭔데요?"

"저도 딸을 낳고 싶습니다."

캐시가 물었다.

"딸이요?"

"예."

캐시가 웃었다.

"그러시든가."

"고맙습니다. 캐시."

"뭐가 고마워요?"

"다─요.

  다."

12화
세 개의 세계

덥다.

캐시가 물었다.
"어제 몇 시에 잤어요?"
"우리 헤어지고 12시쯤에요."
"오늘 아침 몇 시에 일어났어요?"
"대략 6시에 깼어요."
"잠잘 때,
 꿈꿨어요?"
"캐시 꿈꿨어요."
"나도 코코 꿈꿨는데."
"참, 신기하네."
"그러게요."

우리는 지난밤에 꾼 꿈을 맞춰 보기로 했다. 그래서 교대로 자신의
꿈 얘기를 하기로 했다. 내가 예의 바르게 말했다.
"그럼, 형님 먼저 시작하시죠."
"오냐, 아우야."

캐시가 말했다.

"코코와 나는 숲속을 걸었어요."

　　　　　　내가 말했다.

　　　　　　"캐시와 나는 바다에서 배를 저어 갔어요."

캐시가 말했다.

"커다란 호랑이가 나타났어요."

　　　　　　내가 말했다.

　　　　　　"커다란 상어가 나타났어요."

캐시가 말했다.

"코코는 용감하게 싸웠어요."

　　　　　　내가 말했다.

　　　　　　"캐시는 용감하게 싸웠어요."

　　　　　　"코코가 아니고 내가요? 왜요?"

　　　　　　"내가 뱃멀미를 해서요."

　　　　　　" ⋯⋯."

　　　　　　"엄청."

캐시가 말했다.

"결국 호랑이를 물리쳤어요."

"제가 말입니까?"

"예⋯⋯,

　하지만 코코는 크게 다쳤어요."

내가 말했다.
"캐시가 상어를 물리쳤어요."
"캐시는 상처를 입지 않았어요. 전혀요."
"내가? 어떻게요?"
"캐시가 전사 같았어요,
무적의 여전사."

캐시가 말했다.
"코코는 내 품에 안겨 죽어 갔어요."
"내가 죽어요? 왜요?"
"다쳤잖아요."

내가 말했다.
"우리는……,
해안으로 나왔어요."
"…….."
"나는 곧바로 배에서 내렸어요.
그런데 캐시는 내리지 않았어요."
"왜요?"
"캐시가 말했어요. 한 번 전사가 되면 돌아갈 수
없다고. 영원히 전사의 길을 가야 한다고."
"결국 그렇게 헤어졌다고요?"
"왜요? 섭섭하세요?"
"조금요."

내가 물었다.

"결국 죽었나요?"

"누가요?"

"캐시 꿈속의 나 말예요."

"예, 내 품에서 편안하게."

"…… ."

캐시가 말했다.

"나는 작별의 키스를 했어요.
 그랬더니…… ."

"그랬더니?"

"갑자기 눈을 떴어요."

"눈을? 코코가요?"

"캐시가요."

"…… ."

"자명종 소리에 잠에서 깼거든요."

캐시가 문득 말했다.

"좀 이상해요."

"뭐가요?"

"0시부터 6시까지,
 우리는 어디 있었지요?"

"…… ."

"동시에 세 개의 세계에 존재했나요?"

내가 대답했다.

"그러네. 현실의 세계와 두 개의 꿈의 세계."

"대체 어떤 세계가 진짜일까요?"

"어쩌면……,

 셋 모두 진짜일 수 있고."

"셋 모두 가짜일 수도 있네요."

캐시가 물었다.

"코코는 셋 중 어떤 세계가 좋아요?"

"선택이 쉽지 않은데요."

"해 보세요."

내가 웃으며 대답했다.

"일단 캐시의 꿈속은 싫어요."

"왜요?"

"내가 죽잖아요."

"…… ."

"내 꿈속도 싫어요."

"왜요?"

"캐시와 헤어지잖아요."

캐시가 웃는다.

"그래서 현실의 세계가 좋아요?

 지금 여기 말입니다."

"그나마 낫지요."

"왜요?"

내가 유쾌하게 말했다.

"어쨌든 둘 다 살아서……."

"…….."

"함께 있잖아요.

이렇게요."

13화
린다

캐시를 만나기 전의 일이다. 싱가포르에서 25개국이 참여한 국제 세미나가 열렸다. 한 달간 진행된 세미나의 주제는 'Change'였다. 우리나라 대표로 내가 가게 되었다. 회장을 맡은 호주 대표가 말했다.

"인도, 중국, 아프리카, 중동 등 대부분의 지역에서 국가와 국민을 바꾸는 일은 정말 어려운 과제입니다."

각국 대표들이 고개를 끄덕였다. 내가 팔을 들었다.

"대한민국은 그 반대입니다. 우리나라에서는 너무 쉽게 바뀌는 게 문제입니다. 예를 들어, 조개에서 어떤 균이 발견되었다고 하면 그다음 날부터 전국의 조개들이 팔리지 않습니다. 그리고 광우병에 관한 뉴스가 나오자마자 수입 쇠고기 판매량이 뚝 떨어집니다."

세미나가 진행되면서 두 사람이 주목받았다. 한 사람은 아프리카에서 온 잘생긴 여성 '린다'이고 또 한 사람은 아시아에서 온 씩씩한 남성 '신 교수'이다(사람들은 예쁘고 당당한 그녀를 린다라는 애칭으로 불렀고 나를 신 교수라고 불렀다). 린다가 말했다.

"우리는 과감한 변화를 추구해야 합니다."

내가 응수했다.

"우리는 경솔한 변화를 경계해야 합니다."

린다가 주장했다.

"변하지 않으면 죽습니다."

내가 기다렸다는 듯이 응수했다.

"잘못 변하면 더 빨리 죽습니다."

세미나가 끝나는 날 볼링 대회가 열렸다. 볼링에서도 린다와 내가 두각을 나타냈다. 우리는 결승전에서 만났다. 결승전을 하기 전 잠시 휴식 시간을 가졌다. 회장이 와서 결승전을 서둘러 달라고 말했다. 조금 떨어진 곳에 서 있는 린다에게 내가 큰 소리로 물었다.

"When do you want?"

그녀가 큰 소리로 대답했다.

"Whenever you want."

그러자 주변에 있던 사람들 모두가 와! 하고 웃었다. 하지만 당사자인 린다와 나는 당혹스러워했다. 사람들이 웃는 이유를 알 수 없었기 때문이다. 그 당시엔 그랬다. 회장에게 내가 물었다.

"사람들이 왜 웃는 거요?"

씩 웃으면서 회장이 대답했다.

"근데, 당신은 왜 안 웃는 거요?"

결승전은 치열했다. 전반적인 실력에서는 내가 열세였지만 그녀는 결정적인 순간에 자주 실수했다. 내가 마지막 볼을 던졌을 때 점수는 내가 1점 앞섰다. 이로써 게임은 사실상 끝났다. 그녀에게는 한 번의 기회가 더 남아 있었기 때문이다. 내가 말했다.

"린다, 축하합니다.

멋진 피날레를 보여 주세요."

그녀가 나를 보며 미소를 지었다.

"예, 역대급 스트라이크를 보여 드리죠."

그녀는 온갖 폼 다 잡고는 제비 같은 포즈로 팔을 뻗었다. 근데, 오호! 통재라! 놀라운 일이 일어났다(너무 관중을 의식했나?). 볼이 그녀의 손에서 한 템포 늦게 떨어진 것이다. 볼은 쪼르르 굴러서 옆길로 새고 말았다. 이 무슨 운명의 장난인가? 1점 차로 내가 우승컵을 차지했다. 누가 그랬더라? "끝날 때까지 끝난 게 아니다."

그날 밤 나는 그녀를 불러서 맥주를 샀다. 그녀는 나의 첫 번째 국제 대회(?) 우승을 진심으로 축하해 주었다. 내가 말했다.

"설마, 일부러 져 준 건 아니지요?"

"왜 그렇게 생각해요?"

"그냥 그런 느낌이 들어서요."

"아닙니다. 나라의 명예가 걸린 일인데."

"친선 게임인데, 무슨 나라의 명예까지 걸어요?"

린다가 웃으며 물었다.

"아까 사람들이 웃은 이유 아세요?"

"지금은 알 것 같습니다."

"역시 그건가요?"

"그럴 겁니다."

그녀의 뺨이 약간 붉어졌다.

"그 얘기에 웃는 건 남녀의 차이가 없군요."

"동서양의 차이도 없습니다."

"자리를 옮길까요?"

"그럽시다."

그날 밤 우리는 낮에 하던 논쟁을 이어 나갔다. 그녀는 과감한 변화에
대한 예찬을 지속했고, 나 역시 경솔한 변화에 대한 경고를 반복했다. 자
정이 넘어서 우리는 호텔에 들어갔다. 그녀가 말했다.

"깨끗한 심신으로 계속합시다."

"뭘요?"

"뭐든요."

우리는 샤워하고 옷을 벗은 채로 다시 맥주를 마셨다. 그녀의 말마따
나 몸은 깨끗해졌지만, 과음으로 혼미해진 정신은 샤워로 회복될 수가
없었다. 우리는 이제 토론 대신 다른 뭔가를 해야 했다.

다음 날 늦게야 눈을 떴다. 옆에 린다가 누워 있었다. 둘 다 벗은 몸
그대로였다. 목이 몹시 탔으나 그대로 있었다. 잠시 후 린다도 눈을
떴다. 그녀가 너무 태연해서 조금 놀랐다. 내가 물었다.

"Are you OK?"

"Why not?"

나는 어젯밤을 회상했다. 샤워하고 그녀와 맥주를 마신 것은 기억난다. 그녀를 안고 키스를 한 것도 기억난다. 그런데 그 이후의 일은 전혀 기억이 없다. "거기까지일 거야!" 라고 나는 생각했다. 만일 그 이상 진도가 나갔다면 총각인 내가 그것을 기억 못 할 리가 없기 때문이다. 하여간 그렇게 결론을 내렸다. 그녀가 물었다.

"신 교수, 아프리카에 관심이 있습니까?"

"예, 지금은 조금 있습니다."

"우리 집에 갑시다."

"그럽시다."

린다의 나라는 내전 중이었다. 린다의 집은 부자였고 열 명의 경비원이 있었다. 시도 때도 없이 총소리가 들렸지만, 린다는 태연하게 나를 안내했다. 우리는 박물관에도 갔고 미술관에도 갔고 사자들이 영양을 사냥하는 초원에도 갔다. 관광 도중에 정부 지도자도 만났고 때로는 반군 지도자도 만났다. 모두가 린다에게 호의적이었다.

"사람들이 생각보다는 불안해하지 않네요."

"아닙니다. 모두 불안해합니다."

"……."

"참는 겁니다.

살려고."

린다의 부모가 나를 위해 방 하나를 내주었다. 린다는 수시로 내 방을 찾아왔다. 이야기가 길어지면 린다는 내 침대에서 잤다. 거짓말 같지만 손만 잡고 잤다. 당연한 결과로, 린다의 나라를 떠날 때도 나는 여전히 총각이었다. 그녀의 엄마에게 물었다.

"따님을 믿습니까?"

"나는 내 딸의 운명을 믿습니다."

일주일이 금방 지나갔다. 귀국할 때가 되었다고 생각했다. 그런데 린다가 하루 더 머물라고 말했다. 내가 물었다.

"왜요?"

"내일 결혼식에 참석해 주세요."

"결혼합니까? 왜 미리 말 안 해 준 거죠?"

"왜요? 저한테 청혼이라도 할 생각이었나요?"

"글쎄요. 알 수 없지요."

다음 날 성대한 결혼식이 끝나고 린다 커플은 나와 함께 공항으로 갔다. 린다가 화장실에 갔을 때 린다의 신랑에게 물었다.

"신혼여행을 왜 그 먼 일본으로 가는 거죠?"

"CC에 대한 추억 때문입니다."

"CC가 누군데요?"

"린다의 어릴 적 친구입니다."

"CC가 일본 사람입니까?"

"그렇습니다."

린다의 신랑이 짧게 설명해 주었다. 초등학교 시절 린다와 CC는 같은 학교에 다녔는데 자매처럼 친하게 지냈다. 두 집안도 가까웠다. 위기에 처할 때마다 서로 도왔기 때문이다. 그런데 둘 다 반장인 남자애를 좋아하게 되었다. 이 일로 둘 사이가 다소 소원해졌다. 그러던 어느 날 CC의 가족들이 반군에게 납치되었다. 신랑이 말했다.

"린다는 식음을 전폐하고 울기만 했어요."

"린다의 슬픔이 컸군요. 그래서요?"

"그 후는 오리무중입니다."

"모두 죽은 겁니까?"

"모릅니다."

내가 물었다.

"그래서 일본 갑니까?

친구인 CC 찾으려고……."

"설마요. 벌써 수십 년 전 일인데.

하지만 린다는 친구를 잊지 못하고 있어요."

귀국 후 2년쯤 되었을까? 어느 날 린다에게서 전화가 왔다. 우리나라와 린다의 나라가 외교 관계를 맺게 되었고, 초대 대사로 린다가 온 것이다. 나는 캐시와 함께 린다를 저녁 식사에 초대했다. 캐시를 만난 린다가 눈을 동그랗게 떴다. 내가 물었다.

"왜 그러십니까? 대사님."

"신 교수 여친이 너무 예뻐서요."

"나에 비해서 말입니까?"

린다가 말했다.

"완전히 미녀와 야수네요."

"이렇게 잘생긴 야수도 있나요?"

"여기 있잖아요."

린다가 캐시를 바라보며 말했다.

"신 교수와 나는 알몸으로 키스한 사이입니다."

캐시가 웃으며 태연하게 응수했다.

"나도 알몸으로 키스합니다.

 자주는 아니지만⋯⋯."

"⋯⋯."

"남자랑."

초대한 주역은 나인데 린다는 주로 캐시와 대화를 했다. 린다는 한국이
어떻게 부자가 되었는지 알고 싶어 했고, 캐시는 아프리카 사람들이 달리
기를 잘하는 이유를 궁금해했다. 우리는 매달 한 번씩 만났다. 일 년 후,
린다는 고국으로 귀임했다. 떠나면서 린다가 말했다.

"캐시와 코코 때문에 정말 행복했습니다."

"나보다 캐시가 먼저군요."

"그러네요."

캐시가 자리를 비웠을 때 린다가 나에게 물었다.

"저, 캐시 말입니다. 일본 사람 아니지요?"

"아닙니다. 물어본 건 아니지만."

"⋯⋯."

"근데, 왜 그게?"

"아녜요."

그날 밤 린다에게서 국제 전화가 왔다.
"부탁이 하나 있습니다."
"예, 말씀하세요."
"캐시를 지켜 주세요."
"예? 캐시를 말입니까?"
"…… ."
"이유가 있군요."

잠시 후 내가 말했다.
"린다, 나도 부탁이 있습니다.
 아프리카의 횃불이 되어 주십시오."
"횃불? 누가요? 내가요?"
"예, 린다가요."

린다가 물었다.
"아프리카가 좋아졌나요?"
"좋아졌습니다."
"왜요?"
"린다가 있잖아요.
 캐시와 코코의
 영원한
 벗."

14화

돈의 의미

정말
어수선하다.
내 연구실 말이다.

둘러보던 캐시가 물었다.
"교수 말고 하는 거 있어요?"
"벤처회사 운용합니다."
"뭘 개발하세요?"
"창조 앱이요."
"어디에 쓰는데요?"

내가 캐시를 바라보며 말했다.
"문서 작성할 때 '한/글' 쓰지요?"
"예."
"숫자 처리할 때 '액셀' 쓰지요?"
"예."
"프로젝트 발표할 때 뭘 쓰세요?"

"파워포인트요."

"그럼 창조할 때는 뭘 쓰세요?"

"……."

"예, 그때 씁니다."

"창조 도우미 같은 것이군요."

"세계 최초입니다.

성공하면."

캐시가 물었다.

"그 제품 이름이 뭐예요?"

"최근에 바꼈어요."

"뭔데요?"

내가 싱긋 웃었다.

"러브 캐시."

"예?"

"약자로 LC입니다."

캐시가 웃었다.

"이름 또 바꿀 거죠?

사랑하는 사람이 바뀌면요."

내가 대답했다.

"아니요.

이름 안 바꿉니다.

물론 사랑하는 사람도요."

캐시가 말했다.

"크고 대단한 제품 같네요."

"대단한 건 맞지만 크지는 않습니다."

"창조 과정 복잡하지 않나요?"

"본질은 간단합니다."

"그런가요?"

"단순함이 얽혀서,

복잡성을 창출합니다."

"……."

"이런 걸 복잡계라고 부릅니다."

"그걸 프로그램한다?"

내가 캐시를 다정스럽게 쳐다보았다.

"그걸 프로그램하는 프로그램을 프로그램합니다."

"프로그램하는 프로그램? 그게 쉬워요?"

"그러니 세상에 없는 겁니다."

"……."

"아직은."

캐시가 고개를 든다.

"직원이 많이 필요하겠네요?"

"세 명이 합니다."

"셋이요?"

"예."

"셋이 가능합니까?"

"개발은 나 혼자 합니다."

"그럼, 남은 둘은 뭐하죠?"

"하나는 나와 산책합니다."

"산책을 합니까?"

"예."

캐시가 고개를 들었다.

"다른 하나는요?"

"다른 하나는,
 내 품에 안겨 위로해 줍니다."

"위로? 코코를?"

"예."

"어떻게?"

내가 대답했다.

"몸을 비비기도 하고,
 때론 빨아 주기도 하죠."

"빨아 줍니까?"

"예."

"그거 불법 아닌가요?"

"합법입니다."

"……."

캐시가 안색을 찌푸린다.

"요즘도 그런 일하는 사람 있어요?"

"사람이 아닌데요."

"그럼?"

"한 놈은 강아지고,

　다른 놈은 고양입니다."

"뭐라고요?"

캐시가 꼬집는다. 두 번.

"이건 죄 없는 강아지를 놀린 벌이고,

　이건 고양이를 놀린 벌입니다."

좀 아프다. 내가 항의했다.

"I told the truth."

캐시가 물었다.

"소품이라면,

　비싸지는 않겠네요?"

"한 개에 이만 원 받을 겁니다."

"한 개 팔면 얼마 남아요?"

"다 떼고 만 원 남습니다."

"큰돈은 못 벌겠네."

내가 웃었다.

"내가 욕심이 없어요."

"대충 몇 개나 팔릴까요?"

"창조는 모든 사람의 관심사입니다.
 10억 개는 팔릴 겁니다."

"예? 10억 개라고요?"

"예, 10억 개요."

캐시가 물었다.

"그래서 얼마 버는 거예요?"

"10억에 만을 곱하면……, 10조입니다."

"예? 1조 아니고 10조요?"

"예, 10조요."

"그 돈 어쩌시려고요?"

내가 대답했다.

"1조는 내가 갖습니다."

"남은 9조는요?"

"세금 내고 남은 건 사회 환원합니다."

"꼴랑 10%만 먹는 겁니까?"

"예, 꼴랑 10%요."

"욕심이 없으시네요."

"욕심이 없다고 했잖아요."

캐시가 말했다.

"그 돈 나 주세요."

"그러죠."

"진짜지요?"

"두말 안 합니다."

"안 아까워요? 전혀?"

"또 벌면 되죠. 아깝지만."

내가 물었다.

"캐시, 그 돈으로 뭐 할 거죠?"

"달러로 바꿀 겁니다."

"그래서요?"

"달러를 묶어서 벽돌을 만들 겁니다."

"그래서요?"

"그 벽돌로 침대를 만들 겁니다."

"그래서요?"

"소주 한 병 마시고 푹 잘 겁니다."

"돈 속에 파묻혀서요?"

캐시가 웃었다.

"돈 위에 누워서요."

"그리고요?"

"돌려줘야죠. 주인에게."

"왜 그런 행동을 하는 거죠?"

"돈의 진짜 의미를 알려 주려고요?"

"의미요? 누구에게요?"

"나요. 그리고

 너요."

캐시가 물었다.

"제품 개발하는 데 얼마나 걸려요?"

"1년 정도 걸립니다."

"성공 확률은?"

"0.1% 정도입니다."

"0.1%가 무슨 뜻이죠?"

내가 대답했다.

"성공하기 위해서 1000년 정도 기다려야 한다는 뜻입니다."

"1000년? 실제로는 불가능하다는 얘기네요?"

"맞습니다. 사실상 불가능합니다."

캐시가 물었다.

"국가적인 낭비 아닌가요?"

"그건 아닙니다.

 우리나라에 벤처회사가 만 개 있다면,

 아이폰 같은 신제품이 매년 10개씩 나온다는 뜻입니다."

"우리나라에 벤처가 몇 개나 되는데요?"

"대충 2만 개 넘을 겁니다."

"그렇게 많아요?"

"예."

내가 웃었다.

"해서,

　국가로서는

　생산성이 확실합니다."

"…… ."

"뭐, 개인으로 보자면 미친 짓이지만."

캐시가 물었다.

"왜 하는 겁니까?

　코코 말대로 미친 짓을."

"왜 하다니요?"

"요행을 바라서요?

　아님, 조국을 위해서요?"

"둘 다 아닙니다."

"…… ."

내가 캐시를 빤히 보았다.

"캐시 골프 치시죠?"

"예, 칩니다."

"왜요?"

"그야 재밌으니까."

"나도 그래요.

　재밌어요.

　너무."

15화
이상한 나라의 캐시

비
그치고,
무지개가 떴다.

캐시를 보며 물었다.
"고향이 어딥니까?"
"고향이 두 개인데요."
"두 개요? 고향이 두 갭니까?"
"지구 안 고향과 지구 밖 고향이요."
"지구 밖에도 고향이 있어요?"
"예, 캐시는 있습니다."
"지구 밖 어디요?"

캐시가 웃었다.
"별입니다."
"밤하늘의 별이요?"
"가장 아름다운 별……,
 북쪽 하늘에서."

"북극성?"

"북극성 아니고요."

"좀 더 자세히 듣고 싶네요.

 캐시의 고향 얘기요."

캐시가 물었다.

"둘 중 어떤 고향이요?"

"북쪽 하늘 어딘가에 있다는…… ."

"시작하기 전에 약속해 주세요.

 제가 하는 말을 믿는다고."

"의심한 적 없어요.

 캐시 하는 말과

 성경 말씀."

캐시가 웃었다.

"내 고향은 이상합니다.

 동시에 내 고향은 단순합니다.

 지나칠 정도로…… ."

"단순하면서 이상하다고요?"

"예, 엄청 단순한데,

 엄청 이상해요."

내가 물었다.

"거긴 뭐가 살고 있죠?"

"총 다섯 종류의 생명체가 살아요.
 사람과 밀과 적목과 검은 나비 그리고 두꺼비요."
"적목이 뭐죠. 나무 비슷한 겁니까?"
"예, 가지 색이 붉은 나무요."
"가지 색이 붉어요?"
"새빨개요."

내가 고개를 끄덕였다.
"적화가 피나요? 빨간 꽃이요."
"아니요. 흑화가 피어요. 검은 꽃이요."
"흑과가 열리나요? 검은 열매요."
"백과가 열려요, 흰 열매요."
"그 과일을 먹나요?"
"아니요. 술을 담가요."
"백준가요? 흰 술."

캐시가 웃었다.
"청줍니다,
 파란 술이요."
"많이 이상하군요."
"내가 말했죠? 이상하다고."

내가 물었다.
"나비가 산다고 했죠?"

"예, 검은 나비요.
 엄청 많아요."
"예쁜가요?"
"예쁘지만 커요."
"크다고요? 얼마나요?"

캐시가 대답했다.
"날개를 펴면,
 코코 얼굴을 가려요."
"그 나비 뭘 먹고 살아요?"
"밀을 먹고 적목 꽃의 꿀을 마셔요."
"나비가 밀을 어떻게 먹어요?"
"이빨이 있거든요."
"괴물이군요."

캐시가 갑자기 치를 떤다.
"내버려 두면 밀을 다 먹어 치워요."
"잡으면 되지 않나요?"
"쉽지 않아요."
"왜요?"
"밤에는 밀을 먹고,
 낮에는 하늘 높이 떠올라서
 잠을 자거든요."

내가 말했다.

"밤에 잡으면 되겠네요."

"너무 검어서 밤에는 보이지 않아요."

"그 녀석 참, 난감하군요."

캐시가 말했다.

"방법이 있긴 해요."

"……."

"두꺼비가 나비를 잘 먹어요."

"나비가 엄청 크다고 하지 않았나요."

"두꺼비도 커요. 거긴 다 커요. 사람 빼고는."

"두꺼비는 밤에도 나비를 보는군요?"

"아니요. 사냥은 낮에 해요."

내가 물었다.

"어떻게 사냥해요?"

"적목을 잘라서 그 가지에다,
  여러 마리의 두꺼비를 올려놓아요."

"그리고요?"

"풍선을 달아서 날려요.
  큰 풍선을 여러 개 매달지요."

"아! 그렇게 나비를 잡는군요?"

"가지 주변의 나비들만 잡을 수 있어요."

내가 고개를 갸우뚱했다.

"풍선의 바람이 빠지면 내려올 텐데."

"아래에서 바람이 불면 안 내려와요."

"그런 바람이 계속 부는가요?"

"사람들이 부채를 부쳐요.

 떼거리로 모여…… ."

내가 고개를 들었다.

"부채 말입니까? 누가?"

"거기 여자들이요."

"남자들은요?"

"농사짓죠.

 밀."

내가 물었다.

"다른 문제는 없어요?"

"나비가 문제고 나비만이 문제예요."

"나비만 없으면 낙원이네."

"그건 아닙니다.

 나비가 없으며 적목이 멸종해요.

 화분을 나비들이 해 주니까."

내가 허리를 폈다.

"적목이 사라지면 뭐가 문제 되죠?"

"그럼, 청주를 못 만들잖아요."

"안 마시면 되잖아요?"

"그건 안 돼요."

"왜요?"

캐시가 나를 쳐다본다.

"거기 사람들 우울증이 없어요."

"…… ."

"뭔가 이상하죠?"

"뭐가요?"

"밀과 적목과 두꺼비와 나비가 사는 동네가 재밌겠어요?"

"글쎄요. 나라면 우울증에 걸리겠는데요."

"예, 청주 때문에 사는 겁니다."

"마시면 행복해지나요?"

"양이 중요해요."

내가 물었다.

"왜 양이 중요하죠?"

"한 잔을 마시면 힘이 나요.
 일을 할 수 있어요."

"그렇군요."

"두 잔을 마시면 기분이 좋아져요.
 놀 수 있어요. 짠, 짠, 신나게."

"나름 행복하게 사시네요."

"석 잔을 마시면."

"죽나 보죠?"

캐시가 미소를 지었다.

"쾌락의 절정에 도달하죠."

"보나 마나 후유증이 있겠군요."

"예, 폐인이 되거나 죽을 수도 있어요."

"말하자면 필요악이군요."

"그런 셈이죠."

내가 물었다.

"캐시가 거기 여왕인가요?"

"코코가 SF 영화를 너무 많이 봤군요.
 난 여왕의 8촌 조카쯤 되요."

내 표정이 진지해졌다.

"캐시 얘기 나는 믿어요."

"정말입니까?"

"예."

캐시가 어이없어 한다.

"코코 바봅니까?
 이런 얘길 누가 믿어요?"

"누가 뭐라고 해도 나는 믿어요."

"캐시가 한 말 이래서요?"

"설득력이 있어요.

 나름……."

캐시가 말했다.

"어릴 때 병을 앓았어요.

 환청을 듣고 환상을 보는 병."

"캐시의 고향 얘기도 그래서 나온 겁니까?"

"의사가 그렇게 진단했고……,

 엄마 아빠도 믿었어요."

내가 말했다.

"과학도 변했어요.

 21세기 들어 말입니다."

"과학이 말입니까? 어떻게요."

"다루는 범주가 매우 넓어지고 있죠.

 양자 중첩, 시공간 얽힘, 암흑물질, 동시성 등,

 이들은 과학적 증명이 어렵지만,

 엄연히 실재합니다."

캐시가 물었다.

"그래서요?"

"캐시의 고향 얘기가,

 어쩌면 사실일 수도 있습니다."

"……."

"증명이 부재한다고 해서
 사실이 아닌 건
 아닙니다."

캐시가 미소를 짓는다.
"코코는 내 편
 맞네요."

내가 물었다.
"캐시, 가고 싶어요?"
"가다니요? 어디를 말입니까?"
"캐시의 고향이요. 검은 나비가 사는 별."
"가고 싶어요. 언젠가는……."
"뭘 갖고 갈 겁니까?"
"글쎄요."

캐시가 나를 본다.
"꽃씨만 갖고 갈 겁니다."
"꽃 말고도 좋은 거 있지 않나요?"
"지구에서 좋은 거는,
 꽃밖에 없어요."

내가 물었다.
"갈 때 나도 가면 안 될까요?"
"코코는 남으세요."

"왜요?"

"코코가 떠나면,

　누가 지구를 지켜요?"

"그런가요."

캐시가 빙긋 웃었다.

"그리고 코코가 있어야……,

　내가 다시 오지요.

　지구에."

16화
빌딩국가

오늘은
캐시 표정이
유난히 진지하다.

캐시가 물었다.
"예측할 수 있나요?
 20년 후를요?"
"없습니다."
"5년 후는요?"
"예, 가능합니다."
"그럼 10년 후는요?"
"큰 흐름이라면……."
"예측해 보세요. 10년 후요."
"큰 흐름 말입니까?"
"그래요."

내가 입을 열었다.
"패러다임이 바뀔 겁니다."

"패러다임?"

"기본 틀 말입니다.

　국가의 기본 틀······."

"······."

"10년 후 우리는,

　아마 빌딩에서 살 겁니다."

의자를 끌어당기며 캐시가 물었다.

"빌딩에서 산다는 게 구체적으로 무슨 뜻이죠?"

"빌딩을 벗어날 일이 없다는 뜻입니다.

　일 년 삼백육십오 일 말입니다."

"설마 그게 가능해요?

"가능합니다."

"어떻게 장담하죠?"

"스마트 빌딩이니까요."

"스마트 빌딩? 그건 또 뭐죠?"

내가 캐시를 보았다.

"필요한 모든 게 제공되는 빌딩입니다."

"그런 빌딩이 있을 수 있어요?"

"빌딩이 거대한 기계입니다.

　지능기계 말입니다."

"지능기계?

　감이 안 오네요."

내가 말했다.

"비유하자면 빌딩이

하나의 지적 생명쳅니다."

"......."

"그 생명체의 배 속에서 사는 겁니다.

마치 장 내의 미생물처럼,

우리가 말입니다."

캐시가 고개를 갸우뚱했다.

"농사는 어쩌죠?"

"빌딩 안에서 짓습니다.

Vertical Farming 말입니다."

"그럼, 소, 돼지, 해산물은요?"

"빌딩 안에서 기릅니다."

"물이나 가스는?

전기는?"

내가 말했다.

"만들어 냅니다.

모두 빌딩 안에서."

"기후도 통제되는가요?"

"예, 춥고 더운 거 없습니다.

황사나 미세 먼지도

당연히 없고."

캐시가 물었다.

"빌딩이,

 도시인가요?"

"아니요. 국가입니다.

 각자 독립된 국가입니다."

"빌딩 간의 교류는 활발한가요?"

"거의 안 합니다."

"왜요?"

내가 말했다.

"교류라는 건,

 만일 안 해도 된다면."

"…….."

"안 하는 게 제일 좋습니다."

캐시가 물었다.

"그건 왜 그런 거죠?"

"모든 불화와 갈등이, 공유하고 비교하는 게 있어서 일어나는 겁니다. 공유하고 비교하는 게 없으면 다툴 일이 없습니다. 일테면, 바다에 사는 상어와 초원에 사는 사자가 다투는 거 봤습니까?"

"그래서는 지속적 성장이 어렵지 않나요?"

"성장 자체를 안 합니다."

"왜요?"

내가 캐시를 본다.

"지금도 너무 성장했어요.

 인구도 과학도 무기도 욕심도."

"…… ."

"여기서 더 성장하다간,

 자멸합니다. 지구가 폭발합니다.

 이미 늦은 건지도

 모릅니다."

캐시가 고개를 끄덕였다.

"빌딩국가의 통치는 지금과 다른가요?"

"한 가지만 다릅니다."

"뭔데요?"

"행정은 AI가 합니다."

"사람 대신 AI가 일합니까?"

내가 대답했다.

"공무원은 그렇습니다."

"AI가 하면 이점이 많은가요?"

"일 자체도 잘하겠지만 그보다는……,

 신뢰할 수 있다는 게 강점이죠."

"인간종은 믿을 수가 없다?"

"인간 역사를 보세요.

 믿어지세요?"

캐시가 물었다.

"대통령은 누가 하죠?"

"사람이 합니다. 지금처럼."

"왜 대통령은 사람이 하는 거죠?"

"그냥 상징이죠. 사람이 우위에 있다는."

"누구보다요? 아, 지능로봇."

캐시가 말했다.

"많은 게 바뀌겠네요."

"많은 게 아니라, 모든 게요."

"일, 교육, 사랑, 취미도 바뀌겠네요."

"그럼요. 당연히 바뀝니다."

캐시가 물었다.

"가정이나 가족은요?

스위트 홈도 사라지나요?"

"해체되거나 최소화될 겁니다."

"가정과 가족이 사라진다?"

"서로 짐만 되니까요."

내가 말했다.

"그 대신 빌딩국가 사람들은,
 여러 명의 연인과 여러 명의 친구와 여러 마리의 반려 동물과
 다양한 모임과 다양한 취미를 갖게 됩니다."

"인간관계가 풍부해지는군요."

"인간관계라고 하기는 좀."

"무슨 뜻입니까?"

"연인과 친구와 동물의 일부는 지능로봇입니다."

"생명체가 아니라는 말입니까?"

"겉은 똑같습니다."

캐시가 고개를 젓는다.

"난 빌딩에 갇힌 삶 싫은데……,
 푸른 하늘, 넓은 들, 높은 산이 없잖아요."

"있습니다. 그건 메타버스를 통해서
 가상공간으로 제공됩니다."

"그건 진짜 아니잖아요."

"실제보다 완벽한,
 가짜지요."

캐시가 중얼거린다.

"가상 속 완벽이라……."

"싫으세요? 가상공간이라서?"

"알 수 있나요? 겪어 보지 않았으니."

캐시가 물었다.

"이거 정설입니까?
 빌딩국가 이론 말입니다."

내가 웃었다.

"뇌피셜입니다."

"코코의 상상이라고요?"

"하지만 완전 뻥은 아닙니다."

캐시가 물었다.

"설득력 있는 근거가 있어요?"

"사람들이 시골에서 도시로, 도시에서 대도시로,
 대도시에서 초대도시로, 초대도시에서도 다운타운으로
 빠르게 이동하고 있어요. 모든 나라에서 그래요."

"그건 그렇죠. 한국도, 미국도, 영국도."

"그래서 그 끝이 어딜까요?"

"빌딩국가라고요?"

"아닌가요?"

17화
슬픈 사랑

바람이
안 그친다.

캐시가 물었다.
"코코를 좋아한 여자 있죠?"
"있습니다."
"코코가 좋아한 여자도 있죠?"
"물론입니다."
"가슴 아픈 사연도 있어요?"
"있습니다."

캐시가 웃는다.
"듣고 싶네."
"우울해질 텐데,
 내용이 좀 그래요."
"어차피 날씨도
 흐리잖아요."

나는 담배를 꺼내 입에 물었다.

"코코, 담배 피우십니까?"

"예, 핍니다.

 가끔."

"가끔 언제요?"

"오늘 같은 날…… ."

내가 창밖을 바라보며 입을 열었다.

"제가 한때 추풍령 꼭대기에서 일했습니다."

"추풍령? 무슨 일을 산꼭대기에서 해요?"

"거기 한전 통신 장비가 있어요."

"한전에도 근무했어요?"

"예, 한동안요."

캐시가 물었다.

"매일 출근해요? 산꼭대기요."

"한 달에 두 번 합니다."

"한 달에 두 번이요?"

"일주일 근무하고,

 일주일 쉽니다."

"일이 많아요?"

내가 대답했다.

"외롭지요. 시간과의 싸움입니다."

"왜 그런 곳에서 근무했죠?"
"높은 곳에서 일하는 게 꿈이었는데,
 우주선 쪽에는 자리가 없어서,
 높은 곳을 찾다 보니."

캐시가 웃었다.
"해서요? 추풍령에서
 대체 무슨 일이 일어난 겁니까?"
"어느 날 여학생 다섯이 견학하러 왔어요."
"학생들이? 뭐 하러 거기까지."
"고등학교 신문 기자들.
 취재차 왔죠."

내가 물을 약간 마셨다.
"업무 소개로 끝냈어야 하는데,
 그걸 준 게 실수였어요."

캐시가 나를 본다.
"뭘 줬는데요?"
"자유 질문 시간이요."
"자유 질문이요? 뭐에 대해서?"
"정치, 경제, 사회, 문화를 포함해서,
 철학, 역사, 문학, 음악 등
 인간사 모두요."

캐시가 어이없다는 표정이다.

"그 모습이 선하네요."

"어떤 모습이요?"

"기고만장하는 모습이요."

"기고만장? 그 정도는 아닌데……."

"어때요. 젊었을 때잖아요."

"지금도 젊어요."

내가 담뱃불을 껐다.

"그땐 정말 많은 얘기를 했어요."

"질문도 많았겠지요. 여학생들이니……."

"대답을 잘한 점도 있지요. 내가 한 구라 하잖아요?"

"그보다도 보기 드문 미남이니까.
 키도 크고……."

내가 빙긋 웃었다.

"어쨌든 종일 대화했어요."

"밥도 안 먹고요?"

"라면을 끓여 먹었죠. 커피도 마시고."

"그렇군요. 다들 신났겠어요."

"달리 할 일도 없었고."

캐시가 물었다.

"그게 슬픈 스토리예요?"

"그럴 리가요."

"……."

내가 자세를 바꿨다.

"한 학생이 이상했어요."

"어떻게요?"

"마치 최면에 걸린 듯한 표정."

"코코의 말솜씨에 혹 간 거군요."

"그런 눈빛은 처음 봤어요."

캐시가 물었다.

"그래서요?"

"그날은 그렇게 헤어졌어요."

"다음 날 그 여학생이 찾아왔나요?"

"아니, 편지를 보내왔어요.

 일주일에 일곱 통씩."

"매일 한 통씩이네."

내가 말했다.

"한 통이 수십 장."

"도대체 무슨 사연인데요?"

"소설을 쓴 거죠. 로맨스요."

"그 소설의 남자 주인공이 코코인가요?"

"그런 셈이죠. 나로선 어이가 없었지만."

"그 일이 얼마나 지속되었어요?"
"대략 6개월 동안이요."

캐시가 물었다.
"코코가 매번 답장해 줬어요?"
"아니, 처음 한 통만 답장해 줬어요."
"어쨌든 그녀는 코코를 사모한 거 아닌가요?"
"아닙니다. 나는 일테면, 이름만 빌려준 것이고,
 그녀는 상상 속 왕국의 백마 탄,
 왕자를 사랑한 거죠."

캐시가 혀를 끌끌 찼다.
"그동안 코코는 뭘 한 거죠."
"오는 편지, 읽어 준 게 다지요."

내가 말했다.
"어느 날 학생 부친에게서 전화가 왔어요."
"부친이 코코를 의심한 거군요.
 충분히 오해할 만하네.
 부친 입장에선."

내가 고개를 끄덕였다.
"하지만……,
 오해는 쉽게 풀렸어요.
 사실 이렇다 할 사건도 없었고."

나는 잠시 침묵했다.

"얼마 후에 안 사실이지만."

"…….."

"그녀는 스스로 생을 마감했어요."

캐시의 눈이 커졌다.

"왜요?"

"나도 모르죠."

"사랑을 비관했나요?

 이루어질 수 없는 사랑."

"나를 사랑한 게 아니라니까요."

"그건 코코 생각이고."

침묵이 흐른다.

"우세요?

 자책할 일 아닌데."

"자책하는 거 아닙니다.

 그냥 아파서요.

 마음이."

창밖으로 노을이 지고 있다. 내가 말했다.

"그 여학생이 세상을 떠난 지 1년이 지났을 때, 말하자면 1주기가 되었을
때 나는 그 여학생이 묻힌 장지를 찾아갔어요."

"…….."

"어쩐지 그래야 할 거 같아서요."

캐시가 고개를 끄덕인다.
"하기는 도의적 책임은 있으니까."
"거기서 그녀의 부친을 만났어요. 약속한 건 아닌데,
 군복을 입으셨는데, 계급은 기억이 없어요."
"두 분 다 당혹스러웠겠네요?"
"아니 담담했어요.
 둘 다."

하늘을 바라보며 내가 말했다.
"그분은 나에게 편지 한 통을 주셨어요."
"…… ."
"그녀가 마지막으로 쓴 편지요."
"만날 것을 예상했군요."
"그건 아닐 겁니다."

나는 차갑게 식은 커피를 마셨다.
"그분에게 제안했습니다.
 영혼결혼식을…… ."
"영혼결혼식?"
"조금이라도 위로하고 싶어서요."
"죽은 여학생을 말입니까?"
"아니, 부친을…… ."

캐시가 물었다.

"부친의 반응이 궁금하군요."

"고개를 저었어요. 그분이 이렇게 말했어요."

"내 딸을 동정하지 마시게."

"…… ."

"짧은 생을 살았지만……,

 가장 아름다운 사랑을 하고 간 거라네.

 나는 내 딸이 자랑스럽다네."

내가 캐시를 보았다.

"그분이 내 손을 잡고 그러셨어요."

"자넨 좋은 사람처럼 보이네.

 내 딸이 좋아할 만해."

캐시가 물었다.

"그 편지 읽어 봤어요?

 그 마지막

 편지."

내가 물끄러미 캐시를 보았다. 그리고 조용히 고개를 가로저었다. 캐시는
더 묻지 않았다. 바람이 불더니 낙엽이 우수수 떨어졌다.

18화

전쟁과 캐시

최근 남미의 한 나라에서 전쟁이 일어났다. 복잡한 전쟁이다. 이념적으로 좌우가 얽혀 있고, 민족적으로 흑백이 얽혀 있고, 이해적으로 여러 나라가 얽혀 있다. 캐시가 진지한 표정으로 말했다.

"의용군으로 참전할 겁니다."
"누가 말입니까?"
"제가요."

내가 말했다.
"복잡한 전쟁입니다."
"예, 알아요."
"근데, 왜?"
"……."
"캐시가 왜 싸워요?"
"물론 정의를 위해서죠."
"대체 무엇이 정의입니까?"
"알아봐야죠. 직접 가서……."

내가 말했다.

"감정에 휩쓸리면 안 됩니다."

"그렇게 보이세요?"

캐시가 자세를 폈다.

"제겐 목표가 있습니다.

평생 추구해야 할 큰 목표,

캐시 인생의 마스터플랜 말입니다."

"캐시, 말해 줄 수 있어요?

그 마스터플랜."

캐시가 나를 쳐다보았다.

"총 여섯 개의 도전이 있습니다.

대학 시절 제가 설정해 놓은……."

"…….."

"첫째, 형이하학적인 목표에 세 번 도전한다."

"세속적 성공을 말합니까?"

"그래요. 돈, 명예, 권력 같은 거요."

"둘째, 형이상학적인 목표에 두 번 도전한다."

"예를 들어, 정의 같은 거 말입니까?"

"정의, 자유, 신념 같은 거요."

"해서 마지막 하나는 뭐죠?"

"사랑을 위해……."

"…….."

"한 번 도전한다.
 딱 한 번."

내가 감탄했다.
"6대 목표 멋있네요."
"한 번 사는 인생입니다.
 시시하게 살 순 없잖아요."

내가 고개를 끄덕였다.
"그래서 몇 개나 끝냈어요?
 여섯 개 중에서."
"세 개요."
"성공하셨나요."
"결과는 중요하지 않죠."
"아니라면 뭐가 중요해요?"
"그 과정이 멋있었나? 이거요."

내가 그녀를 보았다.
"이번 결심도 그 일환인가요?"
"예, 네 번째 도전이죠."
"…… ."
"운명입니다."
"운명?"

나는 초조해졌다. 이건 아니다. 캐시가 어떤 종류의 도전을 하든, 적어도 이건 좀 아니다. 전쟁은 너무 위험하다. 말려야 한다.

"이 전쟁 캐시가 참여한다고 해결되지 않습니다."

"글쎄요. 현장에 가 보면 알겠지요."

"죽을 수도 있습니다."

"알아요."

"근데 왜 가는 거죠?"

"여기서도 죽을 수 있어요."

"확률이 다르잖아요?"

"캐시는 비슷해요.

 어디 가든."

갑자기 캐시가 내 눈을 바라본다.

"코코, 코코는 뭐 없습니까?

 추구하는 거 말입니다."

"물론 저도 있죠.

 두 가집니다."

"그 두 가지가 뭡니까?"

"재미와 행복."

"…… ."

"시시한가요?"

"아닙니다.

 내가 캐시가 아니라면,

 나의 목표도 코코와 같았을 겁니다."

며칠 후 캐시는 떠났다 그녀와의 연락이 완전히 끊어졌다. 직장에 연락해 보니 휴직 중이라고 했다. 나는 슬프고 쓸쓸했다. 때로는 못 견디게 괴롭기도 했다. 갑자기 후회가 엄습했다. 나도 그녀와 함께 떠났어야 하는 거 아닌가? 어느 날 친구가 물었다.

"대체 무슨 일이 있는 거냐?"

"왜?"

"표정이 마치……,

품 안의 달이라도 잃은 것 같아."

"완전히 잘못 봤어…….

"…….

"태양을 잃었어."

단절은 3개월간 이어졌다. 나는 눈과 귀를 닫았다. 신문, TV, 라디오를 완전히 외면했다. 그러나 밤마다 열리는 악몽은 닫을 수가 없었다. 나는 캐시의 시체가 뉴스에 등장하는 악몽에 밤새 시달렸다. 알 수 없는 두려움에 떨었다. 나는 태어나서 처음으로 기도했다.

"신이시여 캐시를 보호해 주소서."

기도가 통했나? 캐시의 시체가 TV에 등장하는 참상은 일어나지 않았다. 정확하게 3개월 후 캐시가 귀국했다. 생각보다 밝고 명랑했다. 그런데 걸을 때 조금 비틀거렸다. 가끔 찡그리기도 했다.

"캐시, 괜찮아요? 어디 다친 곳은 없습니까?"

"없어요. 작은 상처 하나를 빼면…….

"다쳤군요. 어딜 어떻게 다쳤어요?"

캐시가 밝게 웃었다.

"몸을 관통했죠.

 총알이."

"몸 어디요?"

"보고 싶으세요?"

"예, 당연히 궁금하죠."

"정 궁금하면 벗겨 보시죠."

"…… ."

"아니면

 벗을 때까지

 기다리시든가."

캐시의 조크에 안도했다.

"예, 기다리겠습니다.

 벗을 때까지."

비가 오기 시작했다. 내가 물었다.

"이번에 캐시가 이룬 성과가 무엇입니까?

 목숨을 걸고 싸운 대가 말입니다."

"이유 없이 싸우는 사람을

 말렸지요."

"뭘 말렸다고요?"

"싸움을 위한 싸움이요."

"캐시에게 그런 힘이 있어요?"

“있다고 생각했으니 간 거지요.”

“그 나라와 인연이 있군요?”

“한때 살았어요.

거기서.”

내가 물었다.

“전쟁은 완화되었나요?

캐시 때문에 완화됐냐고요?”

“아니, 격화됐습니다.

결과적으로는.”

캐시가 침착하게 말했다.

“하나 종료 시점은,

당겨질 겁니다.

아마도.”

그로부터 한 달쯤 지났을 때 안기부에서 연락이 왔다. 누군가 점잖은 목소리로 잠깐 방문해 줄 수 없냐고 물었다. 그 순간 생뚱맞게 캐시의 얼굴이 떠올랐다. 안기부 건물은 생각보다는 소박했다. 나이 들고 인자해 보이는 직원이 나를 맞아 주었다. 내가 말했다.

“궁금했는데, 거창하지 않네요.

건물 말입니다.”

그는 구내식당으로 나를 안내했다. 음식도 건물만큼이나 소박했다. 그는 점잖았고 전반적으로 친절했다. 그는 이것저것(나로서는 시시해 보이는) 질문들을 했다. 마지막으로 그가 말했다.

"방문해 주셔서 고맙습니다."

나는 좀 의아했다. 뭐야? 겨우 이딴 얘기를 하려고 나를 불렀다는 건가? 대한민국 안기부가 그렇게 한가한 곳이야? 부른 이유를 물어볼까?라고 생각했지만 이내 생각을 접었다. 어차피 내 나와바리는 아니니까. 문득 캐시가 떠오른다. 가볍게 질문했다.

"저, 혹시 캐시를 아십니까?"

"모릅니다."

나는 깜짝 놀랐다. 그가 "예? 누구요?"라고 되물을 거라고 생각했기 때문이다. 그는 젊은 직원을 불러서 나를 배웅하라고 지시했다. 크고 잘생긴 젊은이가 나를 현관까지 안내했다. 그는 인사말 외에 단 한마디도 하지 않았다. 출입문을 나서면서 내가 물었다.

"오늘 나를 초대해서 식사 대접해 주신 분 말입니다."

"……."

"참 점잖고 친절하시더군요. 고마웠습니다."

"……."

"그분 직함을 알 수 있을까요?"

그가 힐끗 나를 보았다.

"안기부장입니다."

19화
트라우마

경솔한 산행이었다. 깊은 숲속에서 우리는 조난당했다. 밤이 되자 온도가 내려가고 비가 내리기 시작했다. 나는 옷을 벗어 캐시를 덮어 주었다. 심마니가 우리를 발견한 건 둘 다 실신한 다음이다. 눈을 떴을 때 나는 캐시의 품 안에 있었다. 둘 다 알몸이었다. 심마니가 말했다.

"깨어났군요."

"이거 어떻게 된 거죠?"

"색시가 체온으로 당신을 살렸어요."

캐시는 깊이 잠들어 있었다. 숨소리조차 들리지 않는다. 그런 생각이 들었다. 잠든 모습이 이렇게 아름답다면 죽은 모습도 그렇지 않을까? 일주일쯤 지나자 우리는 회복되었다. 캐시가 말했다.

"제가 코코의 성적 문제점을 알아냈습니다."

"성적 문제라면? 제 학교 성적?"

캐시가 웃었다.

"성이요. Sex."

"아! 그 성……."

120

"육체는 멀쩡해요.
 코코의 몸은 정상입니다.
 정신이 문제라고요."

내가 물었다.
"정신에 문제가 있어요?"
"내면의 무의식이 여자를 거부해요."
"…… ."
"몸은 뜨겁게 타오르는데,
 정신이 밀어내요."
"밀어내다니요? 언제?"
"지난번 조난당했을 때……,
 내가 체온으로 코코를 살렸잖아요?"
"아, 그랬지요. 고맙습니다."
"생명의 은인이죠."
"예, 은인님!"

캐시가 말했다.
"뭔가 있어요."
"저요? 뭐가 말입니까?"
"뭔가 끔찍한 기억이 의식 뒤에 있어요."
"…… ."
"그것을 찾아내야 합니다.
 그래야 고칩니다."

121

"뭘 고쳐요?"

"결벽증……,

  성 결벽증 말입니다."

내가 캐시를 보았다.

"찾을 거 없어요.

  큰 사건이 있었습니다.

  의식도 무의식도 아는 사건."

"정말 있었군요. 그런 사건이…… ."

"너무 안타까운 아니 끔찍한 사건입니다."

어떤 나라의 소도시에 예쁜 소녀와 착한 소년이 살았다. 소심하고
내성적인 소년은 소녀를 좋아하면서도 말 한마디 건네지 못했다. 어
느 날 나라에 전쟁이 나서 사람들은 피난을 떠나야 했다.

그리 많지 않은 차량이 대부분 징발되었다. 이에 따라 차편이 부족해
서 사람들은 트럭의 짐칸에 선 채로 타야 했다. 마침 소년 앞에 소녀가
서게 되었다. 마주보기가 거북했던지 소녀가 돌아섰다.

트럭은 계속 가다 서기를 반복했다. 중간에 낙오된 사람들을 태워야
했기 때문이다. 하여 시가지를 벗어날 때쯤에는 사람들 사이에 종이
한 장이 들어갈 수 없을 정도로 서로의 몸이 밀착되었다.

어쩌다 보니 일어난 일이지만, 난처한 상황이 벌어졌다. 소녀의 엉
덩이가 소년의 다리 사이에 완전히 밀착된 것이다. 소년이 깨달았을
때는 이미 어쩔 수 없는 상태였다. 소년은 눈을 질끈 감았다.

시내를 벗어나면서 길이 점점 좁아지고 험해졌다. 트럭은 불규칙하게 덜컹거렸다. 트럭이 흔들릴 때마다 소녀의 하체가 소년의 하체를 자극하는 일이 계속되었다. 소년의 몸이 점점 달아올랐다.

소년은 이를 악물었다. 건전한 생각에 집중하기 위해 안간힘을 썼다. 수를 세기도 했고 시를 암송하기도 했다, 문제는 소년이 막 사춘기로 접어들었다는 점이다. 뻗쳐오르는 '이드'의 힘을 통제하기에는 소년의 '에고'가 너무 약했다. 본디 인간의 심리라는 게 묘해서, 생각하지 말자고 할수록 그 생각에 더 빠져드는 법이다.

소녀의 민감한 몸이 소년의 몸에서 일어나는 변화를 감지하지 못할 리가 없다. 소녀가 고개를 돌려 소년의 눈을 보았다. 소년의 수치심은 극도로 상승했다. 상기된 소년의 얼굴에 땀방울이 맺혔다. 그러나 파렴치한 육체의 본능은, 수십만 년의 진화 과정을 거쳐 왔음에도 불구하고, 소년의 수치심을 전혀 배려해주지 않았다.

우리 몸 안에는 '쾌락의 정령'이 살고 있다. 원래 우리 신체의 초기 버전에는 이 녀석이 없었다. 에덴의 동산을 떠나면서 신이 우리 몸 안에 넣어주신 거다. 이 녀석이 있어야 섹스를 할 것이고 그래야 우리 인간 족속이 계속 생육하고 번성할 수 있기 때문이다.

절박해진 소년은 예수님께 기도했다. 이 악마(쾌락의 정령)를 몰아내 주신다면 평생 목사가 되어 봉사하는 삶을 살겠노라고. 그러나 예수님은 응답하지 않으셨다. 할 수 없이 소년은 부처님께 기도했다. 이 악마를 몰아내 주신다면 평생 승려가 되어 봉사하는 삶을 살겠노라고. 유감스럽게도 부처님 역시 응답하지 않으셨다.

추측건대, 부처님과 예수님도 난감하셨을 거다. 여러 문제가 있기는 하지만 이 고약한 악마는 인간의 존속을 위해 꼭 필요한 존재이기 때문이다. 이 정도 이유로 녀석을 없애버린다는 것은 전혀 합리적이지도 않고 결과적으로 인간을 돕는 일도 아닌 거다.

의도야 여하튼, 예수님과 부처님은 소년의 절박함을 과소평가한 결과가 되었다. 소년이 죽기로 결심했기 때문이다. 죽으면 이 악마도 사라질 거라고 생각한 거다. 소년은 배에 힘을 주고 숨쉬기를 멈추었다. 잠시 후 소년의 얼굴에서 핏기가 사라졌다. 숨 참기에 따르는 엄청난 고통도 소년의 결심을 막지 못했다. 결국 소년은 쓰러졌다. 소년이 깨어난 곳은 작은 야전 병원이다. 얼마 후 전쟁이 끝나고 소년도 회복되었다.

캐시가 물었다.

"그 소년이 코코인가요?"

"예, 죽을 고비를 넘긴 거죠."

"그때의 죄의식이 트라우마가 된 거군요."

"예, 의사도 그렇게 말했습니다."

캐시가 고개를 돌렸다.

"그거 코코의 잘못 아니지 않나요?

어쩔 수가 없잖아요.

그 상황에선."

내가 캐시를 본다.

"하지만, 피해를 준 건

사실이지요."

"……."
"지금도 미안합니다.

 그 소녀에게."

캐시가 나를 본다.
"자주 느끼는 건데요,

 코코는 착한 사람입니다."
"착한 어린이요?"

캐시가 웃었다.
"누가 이길까요?

 둘이 제대로 붙으면."
"붙어요? 누구와 누구요?"
"캐시의 성적 매력과……,

 코코의 성 결벽증."

내가 웃었다.
"제가 질 겁니다."
"왜 그렇게 생각해요?"
"제가 캐시 몸을 본 적 있죠?

 두 번인가? 아니,

 세 번이다."

캐시가 웃었다.
"그래서요?"

"캐시는 말이죠.
 비너스의 환생입니다."
"비너스의 환생?
 내가요?"

내가 말했다.
"캐시가 진짜로,
 맘먹고 유혹하면."
"……."
"부처님도, 아니 그건 아니고,
 천하의 고승이라도,
 흔들릴 겁니다.
 심하게."

캐시가 물었다.
"그 말 칭찬 맞지요?"
"비난은 확실히,
 아닙니다."

20화
캐시의 집

그믐,
좀 어둡다.

캐시가 말했다.
"우리 동넵니다."
"교외에 사시는군요."
"조용하고 공기도 좋아요."
"안전 문제는 없나요?"
"신경 안 써요."

캐시가 물었다.
"잠깐 들르실래요?
"잠깐요?"

캐시가 웃었다.
"안 잠깐도 됩니다."
"예, 초대 감사합니다."
"근데요, 라면은 없습니다."

캐시의 집은 독특했다. 담장이 높고 대문이 웅장했다. 정원이 엄청 넓었다. 만 평은 되지 싶다. 정원에 큰 풀과 작은 잡목들이 무성했다. 주변에 전등이 없어서 정원이 어두웠다. 내가 물었다.

"혼자 살아요?"

"정원이 넓어서 동물들이 많이 살아요.

족제비, 멧돼지, 산양, 부엉이, 생쥐, 살쾡이, 구렁이……."

"와! 동물 농장이네요."

"자유 농장이죠. 구속하지 않으니까."

내가 물었다.

"생쥐도 키웁니까?"

"지들 스스로 들어왔어요."

"살쾡이와 부엉이와 구렁이는요?"

"쥐 따라 들어온 거죠. 초대받지 않은 손님."

대문을 들어서며 캐시가 말했다.

"다들 야성이 살아 있어요."

"먹이를 안 줘요?"

"안 줍니다."

"위험하지 않나요?"

"다들 심성은 착하지요.

다만 굶주려 있어서……."

"……."

"적의를 느끼면 야성이 깨어납니다."

128

"덤벼들 수도 있겠군요."
"그렇겠죠."

내가 캐시를 쳐다보았다.
"이 정글 통과한 사람 있어요?"
"아직은 없어요."
"……."
"실려 간 사람은 있지요.
 병원 응급실로."
"누군데요?"
"도둑이 들어온 적 있어요."
"정원에서 당했군요?"
"된통 물렸지요."

캐시가 웃으면서 말했다.
"마음을 비우면 안전합니다."
"마음 비우면 안전하다?"
"그렇다니까요."

내가 캐시를 쳐다보았다.
"짐승들도 그렇게 생각할까요?
 마음 비우면 안전하다고."
"예?"
"아, 아닙니다."

"돌아가셔도 됩니다. 불안하시면."

"그럴 수는 없죠. 아시잖아요.

제가 후진 안 하는 거."

캐시가 앞장서고 나는 뒤를 따라갔다. 주변에서 달빛에 반사된 동물들의 눈깔이 반짝거렸다. 음산한 소리가 간헐적으로 들렸다. 한순간 뒤에서 부스럭 소리가 났다. 내가 뒤를 돌아보자 후다닥 도망쳤다. 내가 다시 앞을 보았을 때 캐시는 보이지 않았다. 나는 큰 돌덩이를 손에 들고 집을 향해 나아갔다. 현관에서 그녀가 기다리고 있었다.

"어서 오세요.

코코 멋집니다."

"뭐가 멋지다는 거죠?"

"짐승들이 덤비지 않았잖아요.

마음을 비우신 거죠."

내가 말했다.

"다른 방법도 있습니다."

"다른 방법? 뭔데요?"

"내뿜는 독기."

"독기요?"

"독기가 빡세면

상대는 주눅이 듭니다.

그래서 덤비지 못한 거죠."

캐시가 웃었다.

"과연, 코코군요.

캐시의 남친 맞아요."

캐시가 비장의 요리라며 야채 비빔밥을 대접했다. 커다란 양은 냄비에 보리밥을 채우고 이것저것 야채들을 썰어 넣은 다음, 고추장과 참기름을 듬뿍 넣었다. 마지막으로 한 움큼의 잔멸치를 그 위에 뿌렸다. 그러더니 커다란 주걱으로 썩썩 비벼서 내 앞에 내놓았다.

"보기보다 맛있네요.

야생의 맛 원시의 향이 납니다."

"예, 야채들이 야생에서

자랐으니까요."

내가 캐시를 보았다.

"그럼, 캐시가 재배한 게 아닙니까?"

"집 지을 때 씨를 뿌렸어요. 그 후로는 스스로 자라나요. 돌보지 않으니까. 뿌리지 않은 식물도 많아요. 새들이 옮겼겠죠."

"캐시를 닮았군요. 야성 말입니다."

"내가 그들을 닮았죠."

하얀 벽면의 우측 하단에 작은 그림 하나가 걸려 있다. 부녀처럼 보이는 두 사람이 마주 보면서 뭔가를 열심히 하고 있다.

"벽 위의 저 예쁜 그림, 캐시 작품인가요?"

"초등학교 때 그린 겁니다."

"아빠와 캐시군요?"
"잘 통했어요.

아빠와,"

내가 물었다.
"뭘 하고 있는 거죠?"
"카드와 화투를 치고 있어요."
"동시에 말입니까?"
"그렇습니다."
"두 분 천재시군요."

캐시가 웃었다.
"아빠는 좀 특이해요.

동시에 세 사람과 대화해요."
"진짜? 대단하네요. 캐시는요?"
"동시에 두 가지는 할 수 있어요."
"예를 들어, 사랑도요?

동시에 두 남자를 사랑할 수 있어요?"

캐시가 나를 쳐다본다.
"한 사람과 합니다.

사랑은······.

열 사람과도,

할 수는 있지만."

와인을 마시다가 캐시가 물었다.

"코코, 침실 보여 드릴까요?"

"캐시 침실 말입니까?"

"예, 캐시 침실."

내가 물었다.

"침실에서 뭐하게요?"

"하고 싶은 거요.
 뭐든……."

"진짜요?"

"예."

캐시의 침실은 의외로 소박하고 청아했다. 한 가지 특이한 건 엄청나게 큰 개 한 마리가 있었다. 견종은 알 수 없었다. 개가 벌떡 일어서며 힐 끔 나를 보았다. 놀라는 나를 보고 캐시가 말했다.

"몸만 컸지 순둥이예요."

"이 순둥이, 여기서 함께 살아요?"

"가끔은 함께 잡니다."

"침대에서요?"

캐시가 웃었다. 내가 물었다.

"이 순둥이의 역할이 무엇인가요?"

"보디가드요. 나를 지킵니다."

"지켜요? 누구로부터요?"

133

"개가 판단하겠죠."

"개가요?"

캐시가 요염하게 웃었다.

"염려 마세요."

"…… ."

"점잖게 있다 가면."

"…… ."

"아무 일도 없을 겁니다."

21화
캐시의 꿈

꿈을 꿀 수 있는 것은 그것이 이루어질 수 있기 때문이다. 꿈이 아름다운 것은 그것이 이루어질 수 없기 때문이다. 캐시가 말했다.

"꿈이 뭐냐고 물어봐 주실래요."
"우리 캐시는 평생의 꿈이 무엇입니까?"
"대왕고래가 끄는 물 마차를 타고 태평양을 건너는 겁니다."
"캐시가 직접 마차를 몹니까?"
"물론입니다."

내가 말했다.
"꿈이 환상적입니다."
"꿈을 위한 꿈 절대 아닙니다."
"해서 현실적으로 가능하다고 믿는군요."
"첫째, 대왕고래는 지능이 높아요. 훈련 가능합니다."
"…….."
"둘째, 물 마차는 현재의 기술로도 제작 가능합니다."
"…….."
"셋째, 태평양은 당분간은 마르지 않을 겁니다."

내가 웃었다.

"그 마차, 저도 타면 안 될까요?"

"모는 건 제가 합니다."

"당연하지요."

캐시가 일어섰다.

"갑시다.

 고래 잡으러."

"예? 무슨 고래요?"

"대왕고래요."

"어디로?"

"태평양으로."

"잡아서 뭐 하게요?"

캐시가 대답했다.

"잡아야 훈련하죠."

"무슨 훈련을 합니까?"

"물 마차 끄는 훈련이요."

내가 물었다.

"포경선은 있어요?"

"포경선이 왜 필요해요?"

"그럼 어떻게 고래를 잡아요."

"설득해야죠. 죽이면 안 된다고요."

"짐승을 어떻게 설득해요."

"나도 짐승이에요."

다음 날 캐시의 벤츠가 출발했다. 우리는 동해안을 타고 북상해서 휴전선 근처에 도달했다. 해변에 차를 세우고 기다렸다. 캐시는 이따금 망원경으로 수평선을 관찰했다. 내가 물었다.

"여기서 기다리면 고래가 옵니까?"

"그거야 고래 마음이지요."

"온다고 믿어요?"

"그럼요."

하루가 속절없이 지나갔다. 라면을 끓여 먹었다. 다음 날 새벽 다섯 시쯤 캐시의 스마트폰에 신호가 왔다. 캐시가 말했다.

"왔네요."

"뭐가 와요?"

"대왕고래 신호요."

캐시가 스마트 폰을 보여줬다.

"카톡을 보세요."

"어라? 고래가 있네."

"자, 만나러 갑시다."

"고래가 카톡도 보냅니까?"

"대왕고래는 지능이 높아요."

우리는 멀리 수평선을 바라보았다. 어둠이 걷히면서 바다가 붉게 물들고 있다. 망원경을 내리면서 캐시가 말했다.

"저기 보세요. 뭔가 떠오르지요?"

"그러네. 저게 대체 뭐지요?"

"대왕고래 맞습니다."

"좀, 이상한데."

"뭐가요?"

"숨을 안 쉬는데요,

물줄기가 보이지 않아요."

캐시가 망원경을 주었다.

"이제 확실히 보이네요. 와, 크다."

"크죠? 좀 더 자세히 보세요."

"밑에 글자가 있네요.

영어 같은데."

"……."

"Big Whale?"

"거 봐요. 고래 맞잖아요."

"……."

"몇 번을 말해요?

캐시는 거짓말

안 합니다."

내가 캐시를 보았다. 허탈하다. 온몸의 기운이 빠진다. 도대체 이
여자 뭐지. 나 진짜 바본가? 대왕고래가 잠수함이라는 걸 진작 알아

챘어야지. 맨날 당하면서도 또 당한다.

"잠수함이 특이하네요."

"미 태평양 함대 소속예요."

"미국 잠수함이 왜 여기 있죠?"

"지금 한미일 합동 훈련 중입니다."

"근데 저 잠수함 타려고요?"

"예, 타야 합니다."

"캐시가요?"

캐시가 말했다.

"내가 멤버입니다.

 공식적인 훈련 멤버요."

"그럼, 나는요?"

"다 얘기된 일입니다.

 저와 함께 타면 됩니다."

"왜 미리 말해 주지 않은 거죠."

"매뉴얼이 그래요. 이해하세요."

나는 태어나서 처음으로 잠수함을 탔다. 함 내에서 내가 할 일은 별로 없었다. 훈련 내용은 전혀 알 수 없었다. 우리 배는 태평양을 여기저기 누비고 다녔다. 우연히 함장을 만나서 내가 물었다.

"이 대규모 해상 훈련에서 캐시의 역할이 뭡니까?"

"우리 해군에겐 최고의 수학자가 필요합니다."

"캐시는 고등학교 선생인데요."

함장이 나를 본다.

"캐시는 이 시대……,

 최고의 수학자 중 하납니다.

 특히 해전 분야에서는."

"정말입니까?"

함장이 어이없어했다.

"당신……,

 캐시 남자 친구 맞습니까?"

어느 날 아침 함성이 일었다.

"캐시, 무슨 일 있나요?"

"항모를 잡았어요."

"항공모함?"

"예."

그렇게 하루 종일 축제 분위기가 이어졌다. 덩달아 나도 기분이 좋았는데, 그날 밤 갑자기 함 내의 분위기가 싸늘해졌다.

"캐시, 왜요? 이번엔 또 무슨 일입니까?"

"조금 전 우리 잠수함이 죽었습니다.

 우리 잠수함이 침몰했다고요."

"그래도 항모 잡았잖아요?"

"게임에선 이겼죠.

 대박 맞아요."

캐시가 말했다.

"현실에선 다릅니다.

천하를 잡아도 내가 죽으면,

말짱 황입니다.

황."

돌아오는 차 안에서 내가 물었다.

"우리 계획은 실패했지요?"

"예? 무슨 계획이요?"

"고래 훈련."

캐시가 말했다.

"그 대신,

우리가 훈련했죠.

태평양에 익숙해지는 훈련."

내가 웃었다.

"이번에 좀 익숙해졌습니다.

태평양이 안방 같아요."

"그래요? 다행이네."

"근데 말입니다."

내가 말했다.

"코코에겐……,

다른 훈련도 필요합니다."

캐시가 나를 본다.

"무슨 훈련요?"

"어떤 동물에게,

 익숙해지는 훈련이요."

"동물? 어떤 동물인데요?"

내가 웃으며 대답했다.

"캐라는 성을 가진

 아름답지만,

 고-약한,

 동물."

내가 점잖게 말했다.

"내겐 이쪽이 더 시급해 보입니다."

22화

캐시는 팔방미인

캐시는
앞태가 예쁘고
뒤태는 더 예쁘다.

내가 말했다.
"캐시는 재능이 많죠."
"아주 잘하는 건 없어요."
"저는 캐시가 부럽습니다."
"팔방미인이 밥 굶는다잖아요."
"팔방미인임!
 재능 기부 좀 하시죠."
"해 드리죠. 어떤 재능으로 할까요?"
"키스 재능이요. 우리 뽀뽀 한 번 합시다."
"어쩌나. 그 재능은 없네요."

내가 물었다.
"캐시는 뭘 전공했어요?"
"수학 전공해서 수학 선생 하잖아요?"

"그게 다가 아닌 것 같은데."

캐시가 말했다.

"여러 대학 다녔어요."

"대학을 여러 곳 다녀요?"

"서울대 빼고도 여섯 군데요."

"여섯 개 대학에서 뭘 배우셨어요?"

"철학, 역사, 문학, 정치, 경제, 심리 등이요."

"수학 빼고 여섯 개를 더 했어요?"

"예, 총 일곱 개요."

내가 놀라워했다.

"출중하시네요."

"뭐가요?"

"전공이 일곱 개인 거요."

"집중해서 공부한 건 수학밖에 없어요."

내가 물었다.

"학위가 일곱 개입니까?"

"말했잖아요. 학위는 수학 학사 하나예요."

"대학원에 다닌 적은 없나요?"

"없어요. 한 번도."

"그럼?"

"학부 3학년 편입해서 1년씩 다녔어요."

"1년씩이요?"

"예."

내가 신기하다는 표정을 지었다.

"1년 동안 뭘 배워요?"

"방법을 배우죠."

"방법?"

"공부하는 방법이요."

"진짜 학문은 언제 배워요?"

"공부는 방법을 아는 게 반입니다."

"…….."

"학문 자체는 평생 하는 거죠. 혼자서요."

내가 물었다.

"어디서 다녔죠?

  주로 서울이겠군요."

"제주도 포함해서 전국이요."

"전국을? 좋은 경험하셨네요."

"삼천리 반도 금수강산을

  통째로 본 거죠."

캐시가 말했다.

"무엇보다 좋은 건……,

  전국에 인맥을 갖게 된 점이죠."

내가 말했다.

"인맥이 막강하겠네요."

"캐시 팬이 전국에 있다는 얘기죠."

"대부분이 젊은 남자죠?"

"남녀노소요."

내가 물었다.

"캐시, 외국어 잘해요?"

"중요한 언어는 대부분 구사합니다.

초중고를 외국에서 다녔어요."

"⋯⋯."

"사업하는 아빠 따라서."

"외국은 몇 나라요?"

"전 세계요.

거의."

내가 캐시를 본다.

"역마살을 타고났군요.

정말 부럽네요."

"부러워요?

그게?"

캐시의 표정이 진지하다.

"전 사물의 이치를 〈6리〉로 나눕니다."

"6리 요? 그게 뭔데요?"

"일테면, 心리, 生리, 物리, 美리, 靈리, 間리요."

"심리, 생리, 물리는 대충 알겠는데······."

"美리는 아름다움의 이치입니다."

"靈리는 신성의 이치겠군요."

"예, 마지막으로 間리는."

"관계의 이치겠죠.

 아닌가요?"

캐시가 말했다.

"예, 네트워크를 말합니다.

 이 여섯 가지를 알면 우주를 아는 거죠."

"해서 우주의 이치를 알아냈나요?"

"대충 입구는 찾았지요."

캐시가 물었다.

"그런데요. 이거 아세요?

 모든 학문은 끝에서는 만난다는 거······."

"무슨 뜻이죠?"

"모든 학문이 철학에서 나왔고,

 그래서 철학으로 돌아갈 수밖에 없습니다."

"예, 철학이 만학의 학인 이유죠."

"공부에 正道가 있다면,

 이거 아닐까요?"

캐시가 자세를 바로 했다.

"철학에서 시작해서 개별 학문을 섭렵하고……,

　다시 철학으로 돌아오는 방식이요."

"전적으로 동감합니다. 하지만,

　총명해야 하고 수명도 길어야 하고,

　한가해야 가능한 일이지요."

"나는 항상 한가해요.

　수명은 몰라도."

내가 물었다.

"캐시는 공부가 좋아요?"

"훔쳐보고 싶어요. 우주의 비밀을."

내가 웃으면서 말했다.

"나도 그런데,

　대상은 좀 다르지만."

"뭘 훔쳐보고 싶은데요?"

"여자들의 몸과,

　마음이요."

캐시가 웃었다.

"저질이시네요…… ."

"나요? 남자요?"

"인간이요."

23화
보육원 방문

장마가 끝났다. 비가 그치면 살아 있는 것들이 움직이기 시작한다. 해서 우리도 움직여야 한다. 캐시에게 보육원에 가자고 말했다.

"언제요?"

"내일 아침에."

"일찍 가야 합니까?"

"8시까지 도착해야 합니다."

다음 날, 차에 오르며 캐시가 말했다.

"선물 포대가 두 개네요."

"선물 아닙니다."

"그럼?"

"자본금입니다."

"자본금이 왜 필요해요?"

"자본금 없이 어떻게 게임을 해요?"

캐시가 놀란 표정을 짓는다.

"게임? 게임을 왜 해요?"

"게임이니까요."

149

"포대가 왜 두 개죠?"

"하나는 캐시 겁니다."

캐시가 보육원의 규모를 보고 놀랐다. 우리는 체육관처럼 보이는 건물 안으로 들어갔다. 사람들이 많았다. 남녀노소가 섞여 있었다. 원생으로 보이는 아이들이 반쯤 되었다. 캐시가 물었다.

"게임을 여기서 합니까?

"예."

"누구와 하죠?"

"상대에 제한 없습니다."

"게임 상대를 선택할 수 있나요?"

"어린이가 요구하면 무조건 해야 합니다."

"하다가 힘들면 쉴 수 있는 거죠?"

"오래 쉬면 경고받아요."

캐시가 물었다.

"무슨 게임을 하는 거죠?"

"어린이도 할 수 있는 것은 다요."

"장기, 바둑, 체스도요?"

"물론입니다."

"말뚝박기도요?"

"그럼요."

"고스톱은 안 되죠?"

"됩니다."

캐시가 말했다.

"마스크를 쓴 사람도 많네요."

"써도 됩니다. 얼굴을 감추고 싶으면……."

"누가 쓰는데요."

"국회의원, 배우, 시장, CEO 같은 사람들이요."

"어머, 그런 사람들이 왜 온대요?"

"그런 사람들을 만나려고요."

캐시에게 마스크를 주었다.

"쓰는 게 좋겠네요."

"내가 왜요?"

"너무 예뻐서요."

"예쁘면 안 되나요?"

"상대가 많으면 피곤해요."

"너는 왜 쓰세요?"

내가 웃었다.

"나요? 나를 숨기려고요."

"별로 유명 인사도 아니잖아요?"

"나인 줄 알면, 아이들이 피해요."

"왜요?"

"게임할 때 봐 주는 게 없거든."

"원래 성격이 야박해요?"

"게임할 때만."

캐시가 물었다.

"이기면 돈을 땁니까?"

"아니, 돈보다 귀한 거요."

"그게 뭔데요?"

갖고 온 포대를 열어 보였다.

"이거 뻥 과자 아녜요?"

"맞아요. 게임에서 지면 한 개를 빼앗깁니다."

"뻥 과자가 돈보다 귀합니까?"

"여기서는 그래요."

"왜요?"

내가 웃었다.

"음식 제공 없어요.

게임장에 물만 있습니다."

"하루 종일 굶어야 한다고요?"

"굶긴 왜 굶어요? 뻥 과자 먹으면 되지."

"온종일 뻥 과자만 먹어요?"

"아껴 먹어야지요."

캐시가 얼굴을 찡그렸다.

"진작 말해 주지."

"……."

"그럼 밥을 먹고 오는 건데……."

캐시가 물었다.

"뻥 과자 떨어지면요?"

"응원해야 합니다. 빨간 모자 쓰고."

"밖으로는 나갈 수 없나요?"

"나갈 수는 있지만,

 못 들어와요."

"몇 시에 끝나죠?"

"오후 5시에 끝납니다."

"…… ."

"끝날 때 뻥 과자 가장 많은 사람이

 우승자로 최종 결정됩니다."

"끝나면 뭐하죠?"

내가 웃었다.

"파티가 열립니다."

"맛있는 음식도 나오나요?"

"그럼요, 완전 호화판입니다."

"자금은 누가 대는데요?"

"있어요. 부자."

캐시가 물었다.

"우승하면 무슨 상을 받죠?"

"친구를 선택할 권리요. 평생의 친구요."

"이 중에서요?"

"예, 이 중에서요."
"나도 지명될 수 있겠네요?"
"물론입니다."

케시의 표정이 진시하다.
"친구가 되면 어떤 책임을 지죠?"
"그런 거 없습니다."
"그럼?"
"여기 동판에 새겨집니다.
 누구는 누구와 영원한,
 친구라고 말입니다."

케시가 물었다.
"그게 다인가요?"
"예, 그게 다입니다."
"상치고는 실망스럽네요."
"아닙니다. 최고의 상입니다."
"최고의 상? 그게 어떻게……."
"보육원 아이들이 그렇게 열심인 이유가,
 바로 그 상을 타기 위해서입니다."
"친구가 그렇게 대단해요?"
"예, 대단합니다.
 인간에겐."
"…….'

"특히 어린이에겐."

"……."

"특히 보육원 어린이에겐."

캐시가 나를 본다.

"그렇게 생긴 친구 있어요?

코코 말입니다."

"있습니다."

"……."

"천안에 삽니다."

드디어 게임이 시작되었다. 일단 게임이 시작되자 캐시와의 대화가 불가능해졌다. 수많은 아이가 캐시를 둘러싸 버렸기 때문이다. 마스크는 쓰나 마나였다. 캐시는 어떤 게임도 잘했다. 아니 잘했다기보다는 재미있게 했다. 그녀가 내뿜는 포스가 좌중을 압도했다. 나중에는 어른들조차 캐시 주변으로 모여들었다. 결국 내가 말려야 했다.

"캐시, 이젠 좀 쉬어요. 쓰러집니다."

게임이 끝났다. 소년과 소녀가 공동 우승했다. 둘이 누구를 친구로 지명할지는 자명했다. 시작부터 끝까지 캐시가 이 게임 우주의 중심축이었기 때문이다. 예상대로 소년과 소녀 둘 다 캐시를 친구로 지명했다. 운영진의 중재에도 불구하고 둘 중 어느 쪽도 양보할 생각이 없어 보였다. 결국 캐시는 동시에 두 친구를 얻게 되었다. 그렇게 얻은 두 친구가 캐시의 운명에 어떤 영향을 끼칠지는 아무도 몰랐다. 당시에는.

차 안에서 캐시가 물었다.

"뻥 과자 게임 코코가 만들었어요?"

"예? 왜 나라고 생각해요?"

"너무도 엉뚱해서요."

"내가 엉뚱해요?"

"몰랐어요?"

내가 웃었다.

"꼬마가 있었어요.

 병으로 서서히 죽어 가던."

"……."

"죽어 가면서도 명랑하고 당당했지요.

 그 녀석이 제안했어요."

캐시가 물었다.

"그 꼬마 죽었나요?"

"게임을 하다가 앉은 채로요."

"……."

"유언을 남겼어요."

"뭐라고요?"

내가 커피를 마셨다.

"뻥 과자를 함께 묻어 달라고."

"왜요?"

"죽어서 꼬마 귀신들과
　게임할 거랍니다.
　뻥 과자 게임."

캐시가 부른다.
"코코!"
"예, 캐시."
"우리가 왜 간 거죠?"
"…….."
"뭐 하려고, 보육원에 간 겁니까?"

내가 캐시를 쳐다보았다.
"게임을 하려고요."
"누구와요?
　고아들과요?"
"아니, 사람하고요."
"사람하고요?"
"예……,
　사람."

24화
캐시 엄마

많이
궁금했는데,
캐시 엄마 말이다.

캐시가 말했다.
"엄마가 보고 싶대요."
"나요?"
"예, 너요."
"언제가 좋을까요?"
"가능하면 오늘이요."

내가 물었다.
"어떤 분이십니까?"
"울 엄마요?"
"예."

캐시가 웃었다.
"나완 달라요."

"어떻게 달라요?"

"완전 반대입니다."

"그럼 안심해도 되겠네."

호텔 레스토랑은 웅장했다. 캐시 엄마가 반겨 주었다. 과연, 뛰어난 미모를 빼고는, 캐시 엄마는 캐시를 닮지 않았다. 아니, 캐시가 엄마를 안닮은 건가? 아프리카 음식이 나왔다. 캐시 엄마가 물었다.

"아프리카 음식인데 괜찮겠어요?"

"저, 음식 타박 안 합니다."

"한 번 드셔 보세요."

"말씀 낮추세요."

"먹어 보셔."

내가 한 움큼 집어먹었다.

"와, 향기가 정말 특이하네요."

"아프리카의 향이지요."

캐시가 말했다.

"우리 엄마……,

아프리카 마니아예요."

"저도 마니아까지는 아니지만,

아프리카 좋아합니다.

가 본 적 있어요.

잠시지만."

캐시 엄마가 말했다.

"식성이 좋네요."

"전 뭐든 다 먹습니다.

아니다. 두 개는 빼고요."

"두 개는 빼고? 그게 뭔데요?"

"하늘을 나는 것 중에는 비행기,

땅을 기는 것 중에는."

"기차요?"

"아니, 전차요."

"그걸 개그라고 해요?"

캐시 엄마가 소녀처럼 웃었다. 나는 새삼스레 그녀를 응시했다. 화려하고 아름답고 고귀한 모습이다. 모자도 목걸이도 시계도 최고급으로 보였다. 청바지에 검은 티를 입은 캐시와는 대조적이다.

내가 말했다.

"화려함의 극치입니다.

아니, 고귀함의 극치입니다."

캐시 엄마가 물었다.

"나 말인가요?"

"보이는 거 다요."

"⋯⋯."

"어머님도 포함해서요."

캐시가 웃었다.

"아부 안 해도 돼요
 솔직하게 말하세요."

"솔직히 캐시는 빼고요."

캐시 엄마가 물었다.

"우리 딸은 아닌가요?"

"고귀한 건 맞는데……."

캐시 엄마 없을 때 내가 말했다.

"어머님 취향이."

"너무 사치스럽다?"

"아니, 그건 아니고……."

"좀 사치스럽기는 하죠. 하지만,
 밥은 주로 집에서 먹어요.
 오늘처럼 말이죠."

"오늘처럼?"

캐시가 웃었다.

"이 호텔 엄마 거예요."

"아빠가 파산한 걸로 아는데."

"그 아빠 돌아가셨어요. 말했잖아요?"

"아! 그랬지. 기억납니다.
 죄송합니다."

캐시가 담담하게 말했다.

"재혼한 남편이 부자거든요. 엄청."

"호텔, 새 아빠가 주신 건가요?"

"그렇다니까요."

"캐시는 뭐 받았죠?"

"아무것도요."

"왜요?"

"비행기 달라고 했거든요."

"어떤 비행기요?"

"화성 가는."

캐시 엄마가 돌아왔다.

"내겐 오래된 꿈이 있어요."

"…… ."

"사랑하는 사위와 해변을 달리는 거."

내가 말을 받았다.

"저도 꿈이 하나 있습니다."

"…… ."

"존경하는 장모님과,
 바닷가를 달리는 겁니다."

캐시가 말을 끊었다.

"엄마, 이 사람 아직 사위 아녜요."

"나도 안다. 그냥 내 꿈을 얘기한 거야."

내가 기다렸다는 듯이 말을 받았다.
"저도 제 꿈을 말한 겁니다."

캐시 엄마가 말했다.
"말 나온 김에 오늘 어때요?"
"여기서요?"
"동해안이 좋겠지요."
"지금 시간이 두 시인데요."
"헬리콥터 타면 되죠."
"헬리콥터요?"

캐시가 웃었다.
"우리 엄마,
 좀 산다고 했잖아요."

헬리콥터 안에서 캐시에게 말했다.
"처음 해 보는 거 많네요.
 오늘 말입니다."
"뭐가요?"
"헬리콥터 타는 것도 처음이고."
"…….."
"해변을 달리는 것도 처음이고.
 장모님과 말입니다."

"장모님이요?"
"누군가의 장모님."

해변에서 캐시 엄마가 말했다.
"난 순수를 좋아합니다."
"저도요. 장모님 아니, 어머님."
"우리 홀랑 벗고 뜁시다."
"홀랑 벗고요?"
"옷을 모두 벗자고요."
"그래도 알몸으로 어떻게……."

캐시 엄마가 웃었다.
"그 옷 아니고."
"예?"
"마음의 옷이요."
"아, 예, 마음의 옷……."

캐시가 끼어들었다.
"엄마, 그만 하세요."
"내가 뭘?"
"사윗감을 갖고 놀잖아요?"
"내가?"
"그러니 남자들이 다 도망가지……."
"어머, 내가 그랬니?"

"이 남자 놓치면,

나 시집 못 가요. 엄마."

내가 웃었다.

"저 어디 안 갑니다."

"⋯⋯."

"이 여자 놓치면 저 장가 못 갑니다."

우리는 달리기를 멈추고 잠시 휴식을 취했다. 캐시가 잠시 화장실에 간 사이 캐시 엄마가 손짓으로 나를 불렀다.

"이거 매번 하는 질문인데."

"예?,

아, 예."

"내 딸을⋯⋯.

지켜 줄 수 있나요?"

내가 정색하고 말했다.

"캐시 강합니다. 따님을 못 믿나요?"

"애가 원래 특이했어요. 하지 말라는 짓만 골라 했어요."

"캐시가 반골 기질이 있기는 하지요.

좋은 의미의 반골⋯⋯."

캐시 엄마가 나를 흘끗 보았다. 수심이 가득하다.

"외길로 치닫는 열정이 무엇인가에 강하게 억눌려서 심하게 왜곡되었다. 캐시를 진단한 정신과 의사가 그렇게 말했어요."

내가 고개를 끄덕였다.

"폭주를 염려하시는군요."

"그보다 폭주의 끝이 염려됩니다."

"제 힘껏 막아 보겠습니다."

"아무도 못 막아요."

캐시 엄마가 말했다.

"막아 줄 사람을 찾는 게 아녜요."

"……."

"내가 찾는 사람은,

함께 폭주해 줄 사람입니다.

폭주의 끝에서 함께 있어 줄 사람.

함께 살고 함께……,

죽을 사람."

내가 말했다.

"어머님, 어떤 경우에도,

우리 둘은 함께 있을 겁니다.

물론 시체가 아니라,

팔팔한 생명체로."

25화

캐시의 종교 인맥

쉽게는
포기가 안 된다.
인생도 사랑도 종교도.

캐시가 물었다.
"신앙 있으세요?"
"없어요."
"관심은 있어요?"
"전혀 없지는 않지요."
"혹시 알고 싶은 거 없어요?
 신과 사후에 관해서."
"당연히 있지요,
 근데 왜요?"

캐시가 웃었다.
"전문가를 알아요."
"어떤 종교 말인가요?"
"불교, 기독교, 이슬람교요."

"이슬람까지? 캐시, 참……."

캐시가 나를 본다.
"내일 어때요?"
"뭘요?"
"매달 13일에 종교를 만나요."
"내일이군요. 실제로 누구를 만나는데요?"
"스님과 신부와 코란 선생이요."

내가 물었다.
"세 사람을? 모두 함께요?"
"물론 따로따로요."
"만나서요?"
"밥 먹죠. 아침, 점심, 저녁."
"좋습니다. 나도 밥은 먹어야 하니까."

다음 날 아침 우리는 스님을 만났다. 다 그런 건 아니지만, 스님들은
눈이 맑다. 우리가 만난 스님도 눈이 참 맑다. 좀 이상한 느낌이 들었
다. 아무리 생각해도 기억은 없는데, 왠지 낯설지 않다.
"스님, 어디서 우리 만난 적 있나요?"

스님이 웃었다.
"불상이 좀 그렇게 보이죠?"
"……."
"하긴, 내가 불상을 닮았다는 얘길 듣기도 합니다."

어찌 된 일인지 스님이 주로 질문하고 내가 답변했다. 스님이 뭔가를 쓴 종이를 보여 주었다. 나는 깜짝 놀랐다. 이 종이는 언젠가 내가 작성해서 캐시에게 준 거다. 나의 세계관을 설명할 때 말이다.

스님이 말했다.

"캐시에게 얻은 겁니다."

"맞습니다. 제가 캐시에게 준 겁니다."

"세상을 3층 구조로 보네요?"

"예, 3층으로 봅니다."

"〈공〉 위에 〈기〉 가 있고 〈기〉 위에 〈색〉 이 있다?"

"예, 저의 세계관이 그렇습니다."

스님이 물었다.

"구체적으로 세 개의 세계가 어떻게 다르지요?"

"첫째, **공**의 세계에서는 삼라만상을 공(空)으로 봅니다. 둘째, **기**의 세계에서는 삼라만상을 기(氣)의 모임과 흩어짐으로 봅니다. 셋째, **색**의 세계에서는 삼라만상을 색(色) 즉, 분별의 눈으로 봅니다."

"평소엔 **색**의 세계에서 삽니까?"
"예, 욕망과 경쟁이 넘치는
매력적인 세계지요."

내가 스님을 쳐다보았다.
"위기에 빠지면 **기**의 세계로 들어갑니다."
"더 심한 위기에 빠지면, **공**의 세계로 들어가나요?"
"그렇습니다. 일테면, 죽음과 만날 때요.
공의 세계에선 삶도 없고,
죽음도 없지요."
"세계관이 좀 튀네요."
"현실적이고 실용적이죠."

스님이 웃었다.
"불교 냄새가 납니다."
"여러 종교를 융합했죠."
"지금 이곳은 어떤 세계죠?"
"글쎄요. 우리 스님이 계시니……,
순수한 **색**의 세계는 아니고,
셋이 융합된 세계인가?"

스님이 물었다.
"캐시를 사랑하세요?"
"예, 추앙까지는 아니지만."

"추앙은 아니다?"

"아닙니다."

스님이 밝게 웃었다.

"다음 달 13일에 다시 만납시다."

"왜요?"

"나도 말 좀 하게."

스님과 헤어졌다. 내가 말했다.

"왠지 낯설지 않네요.
 스님 말입니다."

"당연하죠."

"예?"

"오빱니다."

"캐시 오빠? 진짜?"

캐시가 무덤덤하게 말했다.

"고등학교 때 자살을 시도했어요.
 결국 스님이 됐지요."

"그랬군요."

"유서를 남겼어요."

"캐시에게? 뭐라고?"

"행복하게 살아 달라고요.
 오빠 몫까지……."

내가 말했다.

"그래서 그런 질문을 했군요.

 캐시 없을 때 말입니다."

"무슨 질문했는데요?"

"사랑하냐고요.

 캐시를."

캐시가 물었다.

"그래서 뭐라고 답변했어요."

"내가 뭐라고 했더라.

 아마 한다고

 했을 걸."

점심에는 성당 앞에서 신부를 만났다. 그런데 신부가 너무 젊고 잘
생겨서 놀랐다. 그 젊은 신부가 캐시를 누나라고 불렀다. 이번에도 주
로 신부가 질문했다. 이 친구 정말 쉬지도 않고 묻는다. 설마 내가 말
잘 듣는 초등학생으로 보이나? 신부의 질문이 이어진다.

"교수님은 구원을 믿으세요?"

"믿지 않습니다."

"왜요?"

"구원받을 짓,

 애초에 안 합니다."

"그게 실제로 가능합니까?"

"예, 지금까지는."

신부가 웃었다.

"캐시를 사랑하십니까?"

또 물어? 다들 왜 그게 궁금하지?

"예, 추앙까지는 아니고요."

"추앙이 뭔데요?"

"추앙이죠."

신부가 나를 본다.

"우리 한 번 더 만나죠."

"그러십시다.

뭐,"

차 안에서 내가 말했다.

"신부님이 젊어 보입니다."

"예, 자랑스러운 동생입니다."

"……."

"교황까지 오를 겁니다. 동양 최초로……."

"캐실 좋아했나요. 신부 되기 전."

"예, 많이 좋아했죠."

"캐시도요?"

캐시가 웃었다.

"저는 연하 별로예요."

"아, 그래서 신부가 된 거군요."

"여자 때문에 신부 되는 남자가 어딨어요?"

"여자도 여자 나름이죠."

"남자도요."

저녁에는 이슬람 승려 아니 코란을 가르치는 교수를 만났다. 점심에 만난 신부와는 반대로 나이가 지긋해 보였다. 이번에는 내가 주로 질문했다. 코란 선생님이 한국말에 서툴러 보였기 때문이다.

"불교, 기독교. 이슬람교의 차이점을 설명할 수 있나요?"

"첫째, 부처는 의심의 여지 없이 인간이지요.

둘째, 예수는 인간이면서 신이고요.

셋째, 알라는 신입니다."

내가 웃었다.

"말씀이 참 깔끔하군요?"

"교리의 명쾌함, 이슬람의 매력이죠."

"순종과 복종을 강조하는 이유가 있나요?

이슬람의 가르침에서 말입니다."

"무슨 말을 하고 싶은 거죠?"

"불복종은 죄입니까?"

그가 말했다.

"지역 특성이라는 게 있습니다.

사막에서의 불복종은 죽음을 의미합니다.

풍요로운 환경과는 다르지요."

"예, 그런 점이 있군요."

대화 도중 문득 이런 생각이 떠올랐다. 이 양반이 나보고 "캐시를 사랑합니까?"라고 물을지 모른다고. 그래서 선수를 쳤다.
"실례지만, 선생은 캐시를 사랑합니까?"
"저는 모든 이를 사랑합니다."
"…… ."
"물론 캐시도요."

캐시와 내가 동시에 웃었다.
"우리 다시 만날까요?"
"어려운 일 아니지만, 왜요?"
"오늘 질문할 게 있었는데 까먹었어요."

돌아오는 차 안에서 내가 물었다.
"캐시, 이란 사람과 어떻게 만났어요?"
"이란에서 테헤란에 있을 때,
  페르시아어를 배웠어요.
  대학생에게요."
"그랬군요."
"근데 오빠가 잘생겨서,
  내가 따랐어요.
  많이요."
"선생님 아니고 오빠?"

"오빠 겸……,
 선생님."

캐시가 웃었다.
"대략 1년 후 귀국했어요."
"페르시아어는 많이 배웠어요?"
"나보다는 오빠가 한국어를 많이 배웠지요."
"누구한테 한국어를 배웠어요?"
"누군 누구예요? 나죠."
"결국 헤어졌나요?"

캐시가 대답했다.
"이란 떠나면서 헤어졌는데,
 어느 날 연락이 왔어요.
 서울에 있더라고요."

내가 캐시를 보았다.
"그 친구 한국에 왜 왔데요?"
"모르죠. 한류 때문인가?"
"결혼은 했나요?"
"안 했어요."

내가 물었다.
"왜 아직 안 한 거죠?
 나이 좀 있어 보이던데."

"맞아요. 사십 넘었을 겁니다."
"근데, 왜 아직도……."

캐시가 웃었다.
"캐시 때문 아니냐고요?"
"그냥 물었어요. 궁금해서 아니고."

캐시가 나를 본다.
"아닌데,
 궁금한 거 맞네."
"예, 그래요. 궁금합니다."
"직접 물어보세요."
"…… ."
"만나서."

26화
이별

춥다.

진짜 춥다.

캐시가 물었다.

"우리 만난 지 꽤 됐죠?"

"예, 세월이 참 부지런합니다."

"이젠 슬슬 지루해질 때가 되었네요."

"좀 지루하긴 합니다."

"캐시가요?"

내가 웃었다.

"아니, 나 자신이요."

"원래 자신은 좀 지루해요."

"왜 나는 날 지루해하는 거죠?"

"나는 나에 대해서 너무 잘 아니까."

"그래요? 캐시도 그렇습니까?

 때로 나는 나를 잘,

 모르겠어요."

캐시가 말했다.

"우리 게임 한 번 해 볼까요."

"…….."

"기분 전환을 위해."

"무엇으로요?"

"코코, 탁구 치세요?"

"스포츠는 다 잘합니다."

"뭘 거실 겁니까?"

"걸어요?"

캐시가 나를 쳐다본다.

"나는 어떤 게임도 그냥 안 해요."

"그래서 뭘 거실 겁니까?"

"전 캐시를 걸지요."

"캐시를요?"

"그래요. 코코는요?"

"좋습니다. 나도 코코를 걸지요."

캐시가 물었다.

"이기면 무슨 짓을 해도 되죠?"

"예, 죽이든 살리든 끓여 먹든 마음대로요."

"와, 빅 게임이 되겠네요."

"그러게요."

내가 물었다.

"룰은요?"

"뭐, 간단해요.

 1000점 따면 이겨요."

"11점이 아니고 1000점이요?"

"예, 1000점이요. 듀스는 없어요."

"시간은? 하루 종일 쳐요?"

"9시부터 5시까지."

"밥은요?"

캐시가 웃었다.

"밥은 먹고 해야죠."

"하루에 끝낼 수 없겠는데."

"짧으면 5일 길면 10일 정도……."

"학교에 휴가를 내야겠네요."

"겨울 방학이잖아요."

내가 물었다.

"어디서 합니까?"

"전국을 돌아가며 하죠."

"전국을? 남한을 순회해요?"

"예, 어디 가든 탁구장은 있으니까."

며칠 후 우리들의 탁구 대장정이 시작되었다. 제주시를 시작으로 전국의 주요 도시들을 순회하였다. 차 안에서 캐시가 말했다.

"그렇죠? 대한민국은 아름다운 나랍니다."

"어디를 가도 물이 참 맑지요."

"공기도 맑아요."

캐시가 웃었다.

"어딜 가도 산이 있죠."

"사람도요."

"예?"

"캐시의 팬 말입니다.

전국에 팬들이 있다고 했잖아요.

그 말 농담 아니었네요."

"외국엔 훨씬 더

많아요."

하루하루가 빠르게 지나갔다. 일정은 간단했다. 우리는 낮에도 저녁에도 밤에도 격렬했다. 낮에는 열심히 탁구를 쳤다. 저녁에는 캐시 팬들과 열심히 술을 마셨다(캐시 팬들은 하나같이 극성이다). 그리고 밤에는 열심히 사랑을 했다. 그런데 삶의 외형은 난로처럼 뜨거웠지만, 뭔가 슬프고 쓸쓸한 느낌 같은 것이 그 난로 주변을 맴돌았다. 내가 말했다.

"하루 단위로 충만함과 아쉬움이 반복되는 느낌입니다."

"이면에서 뭔가 일어나고 있다는 뜻이지요."

"예를 들어, 지진 같은 거요?"

"예, 엄청 센 거요."

남원의 오작교를 넘으면서 캐시가 물었다.

"우리 여정이 대충 어디까지 왔나요?"

"중간 지점은 넘어섰지 싶네요."

스코어가 500을 넘었어요."

내가 웃으며 물었다.

"이 게임 누가 이길까요?"

"어쩜, 둘 다 질 수도 있어요."

"난 둘 다 이길 거 같은데……."

"코코에게 불만이 있어요."

"말하세요."

캐시가 웃으며 말했다.

"코코는 게임할 때 너무 진지해요."

"그동안 늘 지기만 했으니까.

이번에는 이겨야죠."

캐시가 활짝 웃었다.

"제발 이기세요.

파이팅."

드디어 설악산을 돌아서 주문진에 도착했다. 오늘 따라 날씨가 잔뜩
흐려 있다. 눈이 오려나? 캐시가 하늘을 보며 말했다.

"오늘은 좀 긴장해야 할 걸요."

"긴장이요?"

"이제 50 남았어요.

결승선까지."

"벌써요?"

드디어 마지막 게임이 시작되었다. 시간이 탁구공처럼 굴러갔다. 서로가 최선을 다해선지 스코어는 그야말로 막상막하였다. 결국 스코어가 990:998이 되었다. 캐시가 8점 앞섰다.

"내가 이긴 거 맞죠?"

"막판 뒤집기란 말이 있죠."

"막판 뒤집기? 막판 뒤지기 아니고요?"

나는 잠깐 망설였다. 져 줄까? 그러나 곧바로 고개를 흔들었다. 상대는 캐시다. 이 여자는 자존심이 깡패다. 끝까지 최선을 다해야 한다. 하긴 지금 상황에서는 내 의도와 상관없이 질 가능성이 99%다.

내가 웃으며 말했다.

"여덟 점? 한 큐에 따라잡을 겁니다."

"어머나! 무서워라."

늘 그렇지만, 세상일 아무도 모른다. 기적이 일어났다. 정성을 다하면 하늘이 돕는다더니 8점을 진짜로 따라잡았다. 캐시가 져 준 건 절대로 아니다. 그럴 여자가 아니다. 근데 이상했다. 캐시는 전혀 긴장된 얼굴이 아니다. 캐시가 서브를 넣으며 말했다.

"자, 비장의 서브 들어갑니다."

"얼마든지요."

빠르고 날카로운 서브였다. "이 여자 정말 독하네." 라는 생각이 들었다. 나는 정신을 집중해서 드라이브를 걸었다. 하지만 공은 보기 좋게 빗나갔다. 캐시의 매치 포인트이다. 캐시가 웃으며 말했다.

"작전 타임이요. 화장실 좀 다녀올게요."

"한 점인데, 끝나고 가시지요."

"쌀 거 같아요."

캐시가 말했다.

"시간이 좀 걸릴 거예요."

"돌아오실 거죠?

언젠가는."

"예."

나는 창문을 열고 밖을 바라보았다. 함박눈이 내리고 있었다. 창밖으로 차들이 천천히 지나갔다. 나는 식은 커피를 마셨다. 십 분이 지나도 캐시는 나타나지 않았다. 뭐지? 쓰러졌나? 그때 붉은색 벤츠가 눈에 들어왔다. 낯이 익은 차다. 다음 순간 나는 벌떡 일어났다. 등줄기로 차가운 물줄기 같은 게 지나갔다. 나도 모르게 외쳤다.

"캐시!"

나는 서둘러 탁구장 밖으로 나왔다. 벤츠는 이미 사라졌다. 나는 잠시 멍하니 서 있었다. 내 얼굴에서 알 수 없는 액체가 흘러내렸다. 하늘을 보았다. 희고 커다란 눈송이들이 하늘을 가득 메우고 있었다. "그래, 눈이 녹은 물일 거야." 지나던 행인이 한마디 툭 던졌다.

"와! 눈송이들이 애 주먹만 합니다."

"예, 하늘이 우는군요."

스마트폰을 보았다. 12월 12일 12시이다. 온몸이 새까만 새 한 마리가 구슬피 울면서 지나갔다. 새 울음소리가 '캐시, 캐시, 캐시'처럼 들렸다. 어쩌면 그건 새 울음소리가 아닐지도 모른다. 내 마음속 어디선가에서 들려오는 엄마 잃은 아이의 울먹임일 수 있다.

27화
재회

그렇게 캐시는 내 곁을 떠나갔다. 아니 지구에서 사라졌다. 오죽하면 캐시의 엄마가 나에게 딸의 안부를 물어볼까? 나는 매년 12월 12일에 주문진으로 내려갔다. 탁구장은 늘 열려 있었다. 나는 운동복으로 갈아입고 그녀를 기다렸다. 정확하게 12시까지 나는 탁구대를 지켰다. 캐시와 경기를 하던 그 탁구대 말이다. 탁구장 주인이 말했다.

"오늘도 아니 금년에도 안 오시네요."

"언젠가는 돌아올 겁니다.

약속했거든요."

"그만 포기하시지요."

"아니요. 게임을 끝내야 합니다."

세월은 빠르다. 어느덧 3년이 지났다. 그해 12월 12일, 그날도 어김없이 나는 주문진 탁구장에서 그녀를 기다렸다. 시계를 보니 11시 59분 50초이다. 나는 작은 목소리로 카운트를 시작했다.

"10, 9, 8, 7, 6……."

내가 6까지 하고 멈추자 탁구장 주인이 카운트를 이었다.

"5, 4, 3, 2, 1, 땡!"

그 순간 작은 탁구장 출입문이 활짝 열렸다. 나와 탁구장 주인이 거의 동시에 자리에서 일어났다.

"캐시!"
"코코!"

캐시가 돌아왔다. 강남 갔던 제비가 돌아왔다. 박씨 대신 탁구 라켓을 들고서……. 탁구장 주인이 캐시에게 물었다.

"어떻게 오셨습니까?"

캐시가 대답했다.
"게임을 끝내려고요."
캐시가 와서 내 손을 잡았다.
"시간이 좀 걸렸죠?"
나는 간신히 입을 열었다.
"화장실이 멀면 그럴 수도 있죠."

캐시가 말했다.
"우리 게임을 끝내야죠?"
"그래야죠. 스코어가
 999:998입니다."

캐시가 웃었다.
"시효가 지났어요.
 그 게임은."
"그럼?"

"다시 시작해야죠."

"어떻게요? 0:0부터요?"

"필름을 다시 돌리는 거지요."

"······."

"주문진에서 시작해서 제주시까지, 7개 도시를 거꾸로 도는 거죠. 사계절이 지나면 봄부터 다시 시작되듯."

내가 말했다.

"조건이 있어요."

"조건이요? 뭔데요?"

"중간에 화장실 가기 없기요."

나는 찬찬히 캐시를 관찰했다. 3년 전과 달라진 게 있는 것 같기도 하고 없는 것 같기도 했다. 그러고 보니, 한 가지는 확실히 달라졌다. 짧은 머리가 긴 머리로 바뀌었다. 캐시가 나를 보고 말했다.

"코코는 변한 게 별로 없네요."

"칭찬인가요?"

"좀 마르긴 했네."

"가뭄이 심했잖아요."

게임이 진행되면서 캐시의 달라진 점들이 눈에 띄기 시작했다. 첫째, 게임 실력이 향상되었다. 즉, 게임 운영이 유연하고 침착해졌다. 둘째, 말의 톤이 좀 느리고 무거워졌다. 셋째, 사랑을 하는 방식이 좀 부드럽고 섬세해졌다. 좋게 말해서 많이 성숙해졌다. 내가 말했다.

"내 여친이 연하에서 연상으로 바뀐 느낌입니다."

"그야 그렇죠. 3년 세월이 어디 가나요?"

"근데요. 나는 왜 그대로인 거죠?"

"코코는 그냥 상수 하세요.

 변수 하지 마시고."

"왜 그래야죠?"

캐시가 웃었다.

"바위 옆의 장미! 멋지죠?"

"…… ."

"코코가 바위 해야, 내가 장미 할 수 있죠."

"하긴, 나는 언제나 바위였지요."

"…… ."

"우직한 바위요."

캐시가 빙그레 웃는다.

"우직이라고요? 코코가요?"

드디어 끝났다. 7일간의 탁구 대장정이 마침내 막을 내렸다. 누가 이 겼냐고? 인간의 눈으로는 그녀가 이겼지만, 신의 눈으로는 내가 이겼 다. 무슨 뜻이냐고? 실은 나도 모른다. 그녀의 말이 그렇다. 하여 나 도 캐시도 일상으로 돌아왔다. 어느 날 내가 물었다.

"캐시는 지난 3년간 무슨 일을 했어요?"

"로비스트 일을 했죠."

"⋯⋯."

캐시가 나를 보았다.
"사실 옛날에도 그런 일했어요."
"취급하는 제품이 뭐지요?"
"핵 관련 기술이요."
"⋯⋯."
"더 묻지 않나요?"
"물어도 대답하지 않을 거잖아요."

캐시가 웃었다.
"코코는 뭘 했어요?"
"열심히 제자를 가르쳤죠."
"사표 낸 거 알아요."

나도 웃었다.
"정치를 했어요."
"정치를 했다고요?"
"일종의 기획 업무요.
 저, 지능 전공했잖아요."
"킹메이커 비슷한 거요?"
"그래요. 지금은 안 합니다."

캐시가 말했다.
"이런 일 오래 할 건 못 되죠."

"예, 비밀을 너무 많이 알게 되니까."
"그게 자산이 되기도 하죠.
 물론 덫도 되고."

내가 물었다.
"캐시는."
"…… ."
"원해서 했나요?
 어쩔 수 없어서 했나요?"
"뭘요?"
"로비스트요."

캐시가 물었다.
"코코는 원해서 했어요?
 그 킹메이커 일 말입니다."
"나는요. 원하지 않으면 안 합니다."
"…… ."
"목에 칼 들어오기 전에는."

캐시가 말했다.
"코코, 나는 말이죠,
 칼이 들어와도 안 합니다."
"…… ."
"하기 싫으면."

28화
종의 이동

사람 사는 세상은
원리로 작동되지도 않고,
논리로 설명되지도 않는다.

캐시가 물었다.
"코코 인공지능 전공했지요?
 사람들이 말하는 특이점이 뭐죠?"
"AI가 인간을 넘어서는 시점을 말합니다."
"구체적으로 어떤 점에서 말입니까?"
"싸우고 생산하고 문제를 해결하는."
"육체적인 것도 포함하나요?"
"정신과 육체 모둡니다."

캐시가 나를 본다.
"AI는 프로그램 아닌가요?"
"쉽게 AI라고 말하지만 실제로는,
 지능로봇을 의미합니다.
 하드웨어도 갖춘."

캐시의 표정이 진지해졌다.

"코코, 우리의 미래는
 어찌 되나요?"

"예?"

"호모사피엔스의 미래요."

"멸종하겠지요."

"언제요?"

"길어야 50년……."

캐시가 놀란다.

"그렇게 빨리요?"

"내 생각은 그래요."

"왜 멸종해요?"

"약하니까."

내가 말했다.

"인간은 너무 약해요.
 지능로봇과 비교하면……,
 물론 특이점 이후의 일이지만……."

캐시가 물었다.

"그래서 79억 인류가 다 죽어요?"

"아뇨. 안 죽어요."

"예?"

"멸종합니다."
"멸종하는데……,
 죽지는 않는다고요?"

내가 말했다.
"종을 바꾸는 거죠.
 인간에서 사이보그로."
"사이보그? 그게 뭐죠?"
"기계 인간이요."
"……."
"우리 몸뚱이를,
 기계로 바꾼 거요."
"우리 몸 전부를 바꿔요?"
"두뇌는 빼고요."

캐시가 물었다.
"바꾸면 강해져요?"
"그럼요. 강해집니다."
"수명은? 수명도 길어져요?"
"여간해선 안 죽는다고 봐야죠.
 바꿔 주면 그만이니까.
 고장 나면."
"죽기는 죽는군요."
"예, 두뇌가 고장 나면……."

캐시가 고개를 끄덕인다.

"주변에 사이보그인 사람 있나요?"

"내가 사이보그입니다."

"코코가요?"

"기계가 있거든요.

 내 몸 안에."

"설마요."

"인공 치아요."

캐시 얼굴에 미소가 번진다.

"두뇌는 기계로 바꿀 수 없나요?"

"바꿀 수야 있겠지만."

"……."

"그러면 더 이상 내가 나일 수 없죠."

"내가 나일 수 없다고요?"

내가 대답했다.

"**나**라는 정체성이 깨집니다.

 마음의 연속성을 잃게 되니까요."

"연속성을 잃는다는 게 무슨 뜻이지요?"

"몸 전체가 기계인 기계 인간을 만들려면……."

"……."

"먼저 기계 신체부터 만든 다음,

 우리 뇌의 정보를 카피해서 기계 뇌에 넣거든요."

캐시가 두 눈을 깜박인다.
"그다음 원래의 뇌는 제거되는군요."
"그래요. 원래의 나는 죽입니다.
 나가 둘일 수는 없으니까."

캐시가 말했다.
"그 느낌이 궁금하네요."
"어떤 느낌이요?"
"기계 입술로 기계 입술에 키스하는 느낌."
"글쎄요. 좀 차갑지 않을까요?"
"Ice Kiss라……."

비 오는 소리가 들린다. 캐시가 물었다.
"코코, 죽음이란 무엇인가요?"
"죽음이 무엇이든…….
 우리와 무관합니다."
"왜 그렇죠?"
"만날 일이 없으니까요."

캐시가 고개를 든다.
"만날 일 없다.
 죽음과?"
"예, 없습니다."
"쉽게 설명해 보세요."

"살아 있을 땐 아직 죽지 않았고,
 죽었을 땐 내가 거기 없죠."
"거기? 거기 어디요?"
"삶의 현장이요."
"삶의 현장?"
"몸이요.
 몸."

캐시가 물었다.
"코코, 지금 하는 얘기,
 확실히 알고 말하는 거지요?"
"실은, 내가 하는 말 나도 잘 모릅니다."
"근데 왜 자신 있게 말해요?"
"있어 보이잖아요."

캐시가 웃었다.
"설마……,
 금년은 아니겠죠?
 Ice kiss 시대 말입니다."
"예, 아닙니다.
 내년도."

29화
무인도 체험

자주
그렇지만,
캐시가 들떠 있다.

캐시가 말했다.
"우리 무인도 갑시다."
"우리 둘이요?"
"둘이요."
"뭐하게요?"
"혼자 지내 보려고요."
"그럼, 혼자 가셔야죠."
"가서는 혼자 지낼 겁니다."

내가 물었다.
"내 역할은 뭐죠?"
"캐시의 보디가드요."
"어떻게요?"
"멀리 떨어져서요."

"멀리 떨어져서 지켜요?"

"내 눈에 띄지는 말아야죠."

"그런 일을 내가 해요?

 대체 내가 왜요?"

"그러게요."

캐시가 좌우를 본다.

"새야! 벌아! 다람쥐야!

 코코가 왜 그래야 하는 거니?"

"……."

"어이 들장미야! 코코가 왜 그래야 하니?"

"……."

"하늘아! 구름아! 바람아!

 코코가 왜 그래야

 하는 거니?"

내가 웃었다.

"됐어요. 그만 해요.

 세부 계획은 세웠습니까?"

"무인도에 혼자 사는 사람을 알아요."

"무인도에 사람이 삽니까?"

캐시가 말했다.

"그분의 배를 빌립니다."

"거주는?"

"그 사람 집을 이용하면 돼요.
 필요한 거 다 있답니다."

내가 물었다.

"그럼, 나는요?"

"섬에 빈집들이 많아요."

"그중 하나를 골라서 쓰시라?"

"너는 공대 출신이잖아요."

"공대 교수입니다."

캐시가 웃었다.

"그러니까요."

"얼마나 있을 거죠?"

"딱 열흘 있을 겁니다."

"그 열흘 동안 뭐할 겁니까?"

"가설이 하나 있어요.
 증명하고 싶은."

"뭔데요?"

캐시가 나를 본다.

"EAU는 역사의 필연이다."

"EAU? 뭐죠? 먹는 건가요?"

"East Asia Union입니다."

"동아시아 연합? EU 같은 것이군요."
"한중일이 주축이 되겠지요."

내가 고개를 들었다.
"캐시, 정치에도 관심 있어요?"
"예, 모든 것에 관심 있어요."
"호기심이 많네요."
"덩어리죠."

섬 생활이 시작되었다. 나는 가능한 한 멀리 떨어져서 그녀를 관찰했다. 망원경을 사용했다. 그녀는 걷기도 하고 뛰기도 하고 앉기도 하고 눕기도 했다. 그녀는 기타를 연주했다. 노래도 했다. 슈베르트의 아베 마리아. 성량이 커서 계곡의 물소리에 위축되지 않았다.

"·

·

·

아……베,

마 리 ……아!"

나는 세상에 태어나서 한 생명체를 이렇게 열심히 관찰해 본 적이 없다. 나는 내가 '아바타를 이용해서 게임을 하는 게이머' 같다는 느낌이 들었다. 물론 이 게임의 아바타는 캐시이다. 그런데 어느 순간, 그녀가 게이머이고 내가 아바타일지 모른다는 생각이 들었다.

며칠 지나지 않아 신기한 일이 벌어졌다. 섬 안의 동물들이 캐시를 따르기 시작한 것이다. 첫날에는 어린 토끼 두 마리가 캐시를 따랐다. 둘째 날에는 늙은 염소가 캐시를 따랐다. 셋째 날에는 여러 마리의 까마귀들이 캐시를 따랐다. 넷째 날에는, 어디서 나타난 것인지, 세 마리의 들개들이 캐시를 따르기 시작했다. 그런데 들개들의 출현에도 불구하고 토끼와 염소는 캐시 곁을 떠나지 않았다. 동물들의 수가 점점 늘어났다. 캐시의 안위가 염려된 나는 캐시의 방에 다음과 같은 표식을 붙였다.

?

다음 날 아침에 내가 붙인 표식은 다음과 같이 바뀌었다.

!

세월의 속도는 무인도라고 다를 게 없다. 캐시는 빠르게 야생인(아님, 원시인)이 되어 갔다. 그녀는 화장은 물론 제모도 하지 않았다. 점점 머리칼이 길어지고 팔과 다리에도 털들이 자라났다. 심지어는 겨드랑이에도 털이 무성했다. 그녀는 자주 벌거숭이로 쏘다녔다(하긴, 그녀를 따르는 짐승들도 하나같이 벌거숭이다). 그녀는 내가 어디선가 지켜본다는 사실을 전혀 의식하지 않은 듯했다.

정확하게 열흘이 지났을 때 뱃고동이 길게 울려 퍼졌다. 집주인이 작은 배를 몰고 왔다. 나는 열흘이 열 달처럼 느껴졌다. 아니 10년간의 경험을 열흘 만에 겪은 느낌이다. 배 안에서 캐시에게 물었다.

"캐시 말입니다. 구미호 아니세요?"

"구미호? 왜요?"

"털이 많으면서 예쁜 건,

　100년 묵은 구미호밖에 없죠."

"꼬리가 없잖아요?"

"그러네."

캐시가 웃었다.

"근데, 코코는 그대로네요.

　옷도 단정하고 머리도 깔끔해요."

"일을 해야 하니까요."

"무슨 일?"

"보디가드 했잖아요."

"아 그랬죠. 정말 고마웠어요."

"나름 재미도 있었어요."

내가 물었다.

"가설은,

　증명했나요?"

"밤낮으로 생각했죠.

　EAU의 창립에 대해서."

"그게 그렇게 중요합니까?

　EAU 말입니다."

캐시가 말했다.

"전쟁을 막아야 합니다.

동아시아의 핵전쟁 말입니다.

동아시아가 지도에서 지워집니다."

"EAU로 전쟁을 막아요?"

"유일한 해죠."

캐시가 침울해진다.

"문제는 바로 사람입니다.

이 일을 주도할 사람 말입니다."

내가 물었다.

"EAU라는 것이요,

말이 동아시아 연합이지,

한중일을 묶는 일 아닌가요?"

"예, 그렇습니다."

"이건 완전히 고양이 목에 방울 달기 아닙니까."

"아니죠. 호랑이 목에 방울 달기입니다.

그것도 호랑이가 세 마리나 되죠.

서로 못 잡아먹어서 안달인."

내가 고개를 저었다.

"어렵네. 쉬운 일 아닙니다."

"찾아낼 겁니다. 찾아내야 합니다."

"누구 말입니까?"
"동아시아의 진정한 리더,
 한중일 삼국을 아우르는 지도자요."

내가 고개를 끄덕였다.
"아마 여성이겠죠?
 그 지도자 말입니다."
"…… ."
"삼국 연합을 끌어낼 영웅."

캐시가 나를 보았다.
"어떻게 알아요?"
"글쎄요.
 어쩐지……,
 만난 거 같아서요."

30화

승무

이젠

가을인가.

바람이 싱그럽다.

캐시가 물었다.

"시 좋아하세요?"

"예, 좋아합니다."

"무슨 시를 좋아해요?"

"발레리의 시 「해변의 묘지」."

"그런 시가 있어요?

"들어보세요."

내가 자세를 바로 했다.

"바람이 분다."

"⋯⋯."

"살아 봐야겠다."

"어때요? 멋있죠?"

캐시가 미소를 지었다.

"제주도로 보내죠. 그 시인."

"왜요?"

"바람 많잖아요.

 제주도 말입니다.

 아, 여자도 많던가?"

내가 물었다.

"캐시는 어떤 시 좋아하세요?"

"조지훈 시인의 「승무」."

"외울 수 있어요?"

캐시가 목청을 가다듬었다.

"얇은 사 하이얀 고깔은 고이 접어서 나빌레라."

"……."

"이 한 구절만 좋아해요."

내가 웃었다.

"왜 이 시가 좋죠?"

"시를 좋아한다기보다는,

 꽃을 좋아합니다. 승무 닮은 꽃."

"궁금하네. 어떤 꽃이죠?"

캐시가 나를 보았다.

"맞춰 보시죠."

"장미가?"

"장미가 승무와 어울려요?"

"모란인가?"

"모란에서 승무가 연상돼요?"

"튤립인가?"

캐시가 말을 끊었다.

"진짜 답을 말해 보세요."

"서로 동시에 말하기로 하죠.

 하나 둘 셋 하면 이름을 말합니다.

 하나……, 둘……, 셋."

"들국화!"

캐시가 웃는다.

"시에서는 우리 둘 궁합이 맞네요."

"다른 궁합도 맞을 겁니다."

"다른 궁합이요?"

"있습니다.

 그런

 거."

내가 말했다.

"들국화는 자연 속에서 아름답지요."

"내가 좋아하는 장소가 있어요.."

"…….."

"들국화 군락지요."

"끝내 줍니까?"

"죽입니다."

내가 물었다.

"먼가요? 얼마나 걸려요?"

"차로 세 시간, 도보로 두 시간……."

"다섯 시간? 그렇게나 멀어요?"

"좀 멀죠? 다음에 갈까요?"

"아니, 지금 가시죠."

"괜찮겠어요?"

"지옥이라도 갑니다.

사랑하는 이와 함께라면."

캐시의 예측은 거의 정확했다. 하긴, 수학 선생이니까. 차를 세 시간쯤 달린 다음, 두 시간쯤 산을 오르니 작은 폭포가 눈앞에 나타났다. 켜켜이 쌓인 어둠 사이로 푸른 달빛이 내리고 있었다. 시간은 이미 자정이 지났다. 사방에 하얀 들국화가 무성했다.

"들국화가 참 많네요."

"아름답죠?"

"예."

내가 넌지시 물었다.

"아셨어요? 지금이 적기라는 걸."

"해마다 오는 걸요."

"누구랑 와요?"

"예?"

"아닙니다."

캐시가 싱긋 웃었다.

"하던 거 할게요."

"뭔데요?"

"폭포에서 샤워하는 거요."

"샤워해요? 옷 입고?"

"보통은 벗어요."

캐시는 옷을 훌렁훌렁 벗고는 폭포 안으로 들어갔다. 나는 바위에 앉아 들국화를 감상했다. 하늘은 수많은 별이 덮고 있고, 땅은 수많은 들국화가 덮고 있다. 하늘과 땅 사이를 폭포가 만드는 물보라와 푸른 달빛이 빈틈없이 채우고 있다. 분위기가 너무 환상적이다.

"이게 꿈이 아닐까?"

나 속에서 어떤 나가 대답했다.

"코코, 이 바보야. 인생 자체가 꿈인 거야."

바람이 불 때마다 들국화 무리가 동시에 허리를 굽혔다가 폈다. 얼마나 지났을까. 캐시가 긴 타올을 걸친 채 폭포에서 나왔다. 그녀의 긴 머리

칼에서 물방울이 뚝뚝 떨어졌다. 내가 물었다.

"캐시, 밤인데……, 춥지 않습니까?"

"나 열이 많은 여자예요.

아시잖아요?"

"예?

예."

캐시가 웃었다.

"들국화 보셨어요?"

"예, 봤습니다."

"어때요?"

내가 캐시를 쳐다보았다.

"하얀 나비 떼의

질서 정연한

광란?"

캐시가 물었다.

"승무 본 적 있어요?"

"예, 봤습니다. 영화에서요."

"머리 긴 여자가 추는 승무는요?

원시의 모습으로요."

"원시의 모습?

나체요?"

캐시가 웃었다.

"보여 드려요?"

"예? 정말입니까?"

"싫으심, 그만두고요."

"저야, 일생의 홍복이죠."

캐시의 춤이 시작되었다. 그날 밤 나는 가장 순수하고, 가장 우아하고, 가장 심오하고, 약간 야한 춤을 보았다. 그녀는 꽃이 아니다. 그녀는 요정이 아니다. 그녀는 천사가 아니다. 그녀는 꽃과 요정과 천사를 초월한 그 무엇이다. 아무리 뛰어난 시인이 그녀의 춤을 노래해도 그녀의 춤은 그 이상이다. 나는 나무 벅차서 외쳤다.

"우주에 사는
 남성 동지 여러분!
 밤이슬 내리는 새벽,
 달빛이 내리는 폭포 앞에서,
 인류 최초의 순수한 모습으로,
 승무를 이렇게 멋지게 추는,
 여친 있어요? 있음,
 나와 보세요.
 어서요."

31화
이상한 결투

우주에 이상한 게 두 가지 있다. 태양과 인간이다. 태양은 그렇다 치고, 인간이라는 동물 참 이상하다. 이상한 것에 목숨을 걸고, 이상한 것에 인생을 걸고, 이상한 것에 자기가 가진 모든 것을 건다.

캐시가 말했다.

"소위 해결의 관점에서……,

세상에는 대충 세 종류의 일이 있지요.

전쟁으로 해결될 일, 대화로 해결될 일, 결별로 해결될 일!"

내가 웃었다.

"국가 간에 결별은 어렵죠."

"그렇죠. 결별 대신 전쟁이 일어나죠."

"개인은 좀 다릅니다."

"뭐가요?"

"결별이 더 쉽죠."

캐시가 말했다.

"결투라는 게 있잖아요? 개인 간에도."

"그건 옛날 18세기 일이죠."

"그렇지 않아요."

"……."

"사라진 건 결투가 아닙니다."

"그럼?"

"결투할 일이 사라진 거죠. 아니 줄어든 거죠."

커피잔을 놓으며 내가 말했다.

"생각해 보니 결투가 사라진 게 아니네요. 시장이나 조직 내에서도 수시로 결투가 일어나죠. 추상적인 의미의 결투 말입니다."

"제가 말하는 결투는 그게 아녜요."

"아니라면?"

"진짜 죽이는 싸움."

"그런 결투는 불법인데……."

"그렇죠. 최소한 살인 미수로 끝나니까."

내 고개가 캐시를 향했다.

"일이 있군요?"

"있어요."

"무슨 일요."

"결투할 일이요."

"언제요?"

"내일."

"누구와요?"

캐시가 말했다.

"말할 수 없어요."

"왜? 무슨 일로요?"

"역시 말할 수 없어요."

"…… ."

"죽이고 싶어 해요. 누군가가

누군가를…… ."

나는 당혹스러웠다. 말릴까? 나는 고개를 저었다. 한두 번 겪어 보나? 이 여자가 뭔가 하려고 하면 아무도 못 말린다.

"무엇으로 싸우죠?"

"칼이요. 검 말입니다."

"캐시가 검을 다룰 줄 알아요?"

"조금 배웠어요. 엄마가 펜싱을 해요."

내가 근심스럽게 물었다.

"그런 실력으로 이길 수 있어요?"

"이기려는 게 아녜요."

"그럼요?"

"싸우려고요.

그냥…… ."

"죽을 수도 있잖아요."

"그래서 결투죠."

내가 캐시를 쳐다보았다.

"이런 얘길 왜 나한테 하는 거죠?"

"레프리 맡아 주세요."

"내가요?"

"저쪽도 동의했어요."

"저쪽이 나를 알아요?"

"알아요. 만난 적은 없지만."

내가 물었다.

"무슨 일을 하면 되죠?"

"결투 선언서를 읽어 주면 돼요."

"읽으면?"

"결투가 시작돼요."

"그다음은?"

캐시가 말했다.

"가서도 돼요."

"그렇게 간단해요?"

"간단해요."

"왜 날 선택했죠?"

"당신이 코코니까요."

내가 물었다.

"그러니까, 왜 코코냐고요?"

"정말 모르세요?"

"뭘요?"

캐시가 물었다.

"만일 코코가 나라면

 레프리로 누굴 선택할 거죠?"

"…… ."

"캐시죠? 아닌가요?"

"그거야……,

 그러네요."

결국 약속한 그날이 왔다. 내 앞에 검은 리무진이 섰다. 차에 오르
자마자 나는 검은 보자기로 눈을 가렸다. 캐시가 물었다.

"왜 눈을 가리세요?"

"안 보려고요."

"뭘요?"

"어떤 사람이 그랬죠.

 말할 수 없는 것에 대해서는 침묵하라."

"…… ."

"나도 본 게 없어야,

 침묵하죠."

리무진은 한 시간쯤 달린 다음 멈췄다. 차에서 내린 우리는 엘리베이터
를 타고 잠시 올라갔다. 나는 천천히 가린 눈을 풀었다. 높은 빌딩의 옥

상이다. 달빛이 음산하게 내리고 있었다. 둘러보니 두 사람이 거리를 두고 서 있었다. 둘 다 검을 든 자세다. 캐시가 말했다.

"결투 선언서를 읽으세요."

나는 캐시의 상대를 살폈다. 그는 검은 코트를 입고 검은 모자와 검은 선글라스를 썼다. 그리고 검은 마스크로 얼굴을 가리고 있었다. 결투선 언서를 폈다. 문장이 딱 한 줄이다. 내가 선언서를 읽었다.

"한쪽이 죽거나 쓰러지면 결투는 끝난다."

내가 읽기를 끝내자마자 두 사람이 검을 앞으로 내밀었다. 대략 3분 동안 두 사람은 꼼짝도 안 했다. 한 줄기 바람이 쌩하고 지나갔다. 캐 시가 앞으로 돌진하고 상대도 즉시 반응했다. 다음 순간 두 검이 부딪 치는 소리와 함께 검은 코트가 앞으로 푹 쓰러졌다. 캐시는 쓰러진 상 대를 흘끗 쳐다보더니 칼을 내던지고 옥상을 내려가 버렸다.

나는 쓰러진 검은 코트에게 다가가서 상처를 살폈다. 그는 시체처럼 미동 도 하지 않는다. 놀랍게도 상처는 없었다. 숨도 맥박도 정상이다. 편하 게 잠을 자는 어린애 같은 모습이다. 내가 말했다.

"이보세요. 눈을 떠 보세요."

"……."

나는 두 사람이 갖고 있던 검을 조사했다. 이상하게 둘 다 엄청 가볍 다. 이게 뭐야? 플라스틱 칼이잖아. 길이도 종류도 다르지만 둘 다 진 짜 검이 아니다. 이런 장난감으로는 두부도 못 자른다. 어이가 없었 다. 나는 검은 코트의 귀에 대고 낮은 목소리로 말했다.

"끝났어요. 쇼 그만하고 내려가세요."

"……."

"곧 경찰 옵니다."

나는 옥상 난간에 기대서서 밤하늘을 바라보았다. 구름 한 점 없는데 별들이 별로 보이지 않는다. 미세먼지 때문인가? 잠시 후 돌아보니 옥상에 나 말고 아무도 없다. 나는 허탈하게 중얼거렸다.

"대체 오늘 내가 뭘 한 거지?"

나는 결투 선언서를 꺼냈다. 두 사람의 사인 옆에 내 사인을 했다. 나는 잠시 침묵 속에 잠긴 도시를 내려다보았다. 바람에 날린 나뭇잎 하나가 내 어깨에 앉는다. 나는 라이터를 켜서 들고 있던 결투 선언서를 태워 버렸다. 빗방울이 떨어지기 시작했다. 며칠 후 캐시를 만났지만 캐시는 결투에 대해 아무 말도 하지 않았다. 물론 나도 침묵했다.

32화
캐시의 새 아빠

매력의 정의는 '멋진 단점' 이다. 완벽한 사람이 매력적이기는 어렵다. 예를 들어, 그리스 신화의 신들은 매력적이지만 예수, 석가, 알라는 별로 매력적이지 않다. 그냥 숭고할 뿐이다. 캐시가 말했다.

"오늘 새 아빠와 만납니다."

"……."

"코코, 같이 갈래요?"

내가 말했다.

"준비하겠습니다."

"준비를 왜 합니까?"

"지금 청바지 입었어요."

"상관없어요."

"그래도 오늘 처음 만나는데……."

캐시가 웃었다.

"이거……,

상견례 아녜요."

차 안에서 내가 물었다.

"새 아빠 어떤 분이세요?"

"새 아빠요? 부잡니다."

"무슨 일하시죠?"

"사업합니다."

"큰가요?"

"애플보다 작아요."

"사과보다?"

캐시가 웃었다.

"사과보다는 커요."

"새 아빠를 좋아하시나요?"

"구 아빠를 좋아합니다."

"새 아빠를 존경하시나요?"

"예, 존경합니다."

"왜요?"

"엄마를 선택한 남자니까."

"인간성은 어떠세요?"

"직접 보세요."

도착했다. 빌딩이 꽤 크다.

"63빌딩보다 높아 보이는데요?"

"100층은 안됩니다.

 99층입니다."

내가 물었다.

"이 빌딩 새 아빠 겁니까?"

"부자라고 했잖아요."

"설마······,

부자라서 존경합니까?"

캐시가 나를 본다.

"부자라서 경멸해야 합니까?"

"그건 아니지만······."

캐시가 웃었다.

"부정하긴 어렵죠."

"······."

"캐신 속물 근성 있어요.

아시잖아요."

"알죠.

대물 근성도 있다는 거······."

우리는 정갈하게 정리된 방으로 안내되었다. 테이블의 한 편에 의자가 하나 있고 반대편에 세 개의 의자가 놓여 있다. 캐시가 말했다.

"저는 잠시 볼 일이 있어요."

"저 혼자 만납니까?"

"곧 돌아와요."

잠시 후 풍채 좋은 세 명의 신사가 나타났다. 한 사람은 키가 크고 잘

생겼다. 나머지 둘은 작고 나이도 들어 보였다. 한눈에 키 큰 남자가
보스라는 걸 알 수 있었다. 키 큰 남자가 말했다.

"두 분, 우리 회사 부회장입니다."

"아, 예."

"먼저, 우리 회사에 대한 관심에 감사드립니다."

"예? 아, 예……."

나는 좀 의아했다. 회사에 대한 관심에 감사한다는 멘트가 대체 무슨
뜻이지? 이게 처음 만난 딸의 남친에게 할 수 있는 말인가? 잠시 나를
응시하던 회장은 갖고 온 봉투를 천천히 열었다.

"저흰 사람 뽑을 때……,

 절대로 그냥 뽑지 않습니다.

 설사 대통령이 추천해도……."

나는 어이가 없었지만 침착하게 말했다.

"그렇겠지요. 작은 기업이 아니니까."

"작은 기업일 때도 그랬습니다."

"그렇군요. 존경스럽습니다."

회장이 허리를 뒤로 제쳤다.

"저는 사람 뽑을 때 관상을 봅니다."

"제가 비주얼은 된다는 얘기를 듣습니다만."

"아시겠지만, 보이는 게 다는 아니지요."

"회장님은, 인상이 좋아 보이네요."

"……."

"보이는 게 다는 아니지만."

회장이 웃었다.

"긴말 생략하고……,

 잘하는 거 세 가지만 말해 보세요."

나는 멈칫했다. 그렇구나. 이거 채용 면접이잖아? 회장이나 나나 캐시의
장난에 걸려든 거지. 웃음이 나오는 걸 간신히 참았다.

"두 가지만 말씀드리겠습니다."

"왜지요?"

"영리한 매는

 발톱을 감추는 법,

 마지막 하나는 감춰야죠."

"네, 좋습니다. 말해 보세요."

내가 말했다.

"첫째, 저는 돈을 잘 법니다."

"……."

"둘째, 저는 돈을 잘 씁니다."

회장이 물었다.

"그게 다입니까?"

"왜요? 더 필요합니까?"

"확인 가능한 건 없습니까?"

"확인 가능합니다. 둘 다……."

회장과 부회장이 의심스러운 눈으로 나를 쳐다본다. 나는 미소를 지으며 스마트폰을 꺼냈다. 그리고 인도의 한 회사에 전화를 걸었다. 벵골어로 말이다. 잠시 후 전화를 끊고 회장에게 말했다.

"방금 인도에서 제품 하나 샀습니다.

1억 원에요."

나는 다시 아프리카에 있는 한 회사에 전화를 걸었다. 아프리카 토속어로 말이다. 잠시 후 전화를 끊고 회장에게 말했다.

"방금 아프리카에 그 제품을 팔았습니다.

2억 원 받았습니다."

"……."

"그러니까 3분 만에 1억을 번 거지요."

세 사람은 아무 말 없이 나를 응시했다. 내가 물었다.

"이 회사에서 기부하는 단체가 있나요?"

부회장 중 하나가 대답했다.

"몇몇 환경단체와 보육원이 있습니다."

나는 부회장이 알려준 환경단체와 보육원에 전화를 걸었다.

"무명 독지가입니다. 통장 번호를 불러 주세요."

잠시 후 통화를 끊고 회장에게 말했다.

"두 곳에 5천씩 기부했습니다."

회장이 물었다.

"우리가 방금 본 게 팩트입니까?"

"스마트폰을 보여 드릴까요?

 기록이 있습니다."

"이런 일이,

 어떻게 가능하죠?"

"사실은 첫 거래가 아닙니다."

회장이 호탕하게 웃었다.

"됐습니다. 당신을 채용하겠습니다."

"고맙습니다만 사양합니다."

"물론 그러시겠지요."

내가 회장을 쳐다보았다. 회장이 말했다.

"그래서 온 거 아니지 않습니까?"

"어떻게 아셨습니까?"

"입사 면접에

 청바지 차림이라니,

 누가 봐도 이상하죠."

내가 물었다.

"처음부터 아셨습니까?"

"아니요. 조금 전 알았습니다."

회장은 부회장 둘을 내보냈다. 잠시 후 둘만 남게 되자 회장이 악수를 청했다. 회장이 손수 커피를 따라 주었다. 내가 물었다.

"캐시를 만난 지 얼마나 됐습니까?"

"글쎄요. 꽤 됐습니다."

"만족하십니까?"

"만족이요?"

회장이 고개를 흔들었다.

"힘들었지만 가장 잘한 선택입니다."

"캐시 엄마와의 결혼 말입니까?"

"캐시의 아빠 되는 일이요."

"어려움이 많았군요."

"결투까지 했으니."

"예? 결투요?"

"아닙니다."

회장이 점심을 같이하자고 말했다.

"점심은 다음에 하시지요."

"선약이 있습니까?"

"아닙니다."

"…….."

"한 번 더 뵙고 싶어서요.
회장님과 둘이요."

"좋습니다."

일어서며 회장이 말했다.

"캐시가 남자 보는 눈이 있군요."

"캐시 엄마도요……."

차 안에서 캐시가 물었다.

"어땠어요?"

"떨어졌습니다."

"떨어져요? 어디서요?"

"면접 시험이요. 채용 면접……."

캐시가 웃었다.

"그거 뻥이지요?

3분 만에 1억 번 거요."

"뻥 아닙니다.

절대로."

내가 캐시를 보았다.

"비밀은 정보에 있습니다."

"정보요?"

"나만 알고 있는 고급 정보 말입니다. 결국 세상의 모든 돈벌이는 한 마디로 정보 게임입니다. 지금 이 시대가 그래요."

캐시가 고개를 끄덕인다.

"정보가 돈인 시대라……."

"1억 아니라 100억도 벌 수 있습니다."

"코코가 가진 정보가 뭔데요?"

"AI요. 전공이 그거니까."

"AI 정보가 그렇게 비싸요?"

"수천 명이 하는 일을 혼자서 하니까.

AI 프로그램 말입니다."

캐시가 말했다.

"돈 걱정은 없겠네요?"

"아니요. 그런 돈은 독입니다."

"예?"

"쉽게 번 돈은,

누군가의 눈물을 부릅니다."

"불법을 저지른 건 아니지 않나요?"

"예, 합법적으로 누군가의 눈물을 부른 거죠."

내가 캐시를 바라보았다.

"그런 돈 먹으면 동티납니다. 동티 말입니다. 해서 그런 돈 생기면
전액 기부합니다. 나는 매달 받는 월급으로 충분합니다."

캐시가 웃으며 나를 본다.

"코코는 지혜롭네요."

"현실적이죠.

너무."

33화

캐시 엄마의 이혼

오늘은

캐시의 표정이 밝다.

좋은 일이 있나? 내가 물었다.

"캐시, 무슨 일 있어요?"

"엄마가 이혼해요."

"뭘 한다고요?"

"이혼이요."

"누구와 이혼해요?"

"남편과요. 새 아빠요."

"그래서 기분이 좋은 겁니까?"

캐시가 고개를 젓는다.

"좋을 것도 나쁠 것도 없죠."

"…… ."

"결혼도 이혼도 엄마의 일인 걸요."

"그런데, 오늘 캐시 기분이 왜 좋아요?"

"오늘 주식이 좀 올랐잖아요."

"캐시, 주식도 합니까?"
"남들 하는 건,
 다 해요."

내가 캐시를 쳐다보았다.
"자주 다투셨나요? 엄마와 새 아빠요."
"아니요. 두 분 잘 지내십니다."
"그런데 왜 이혼까지."

캐시가 말했다.
"새 아빠 재벌입니다."
"알고 있습니다. 그런데요?"
"전처와의 사이에 자식들이 있어요."
"재산 문제가 있겠군요."
"피할 수 없죠."

내가 말했다.
"그 재산 방정식에,
 변수 두 개가 더해진 거네요.
 캐시와 캐시 엄마요."

캐시가 웃었다.
"우리 엄마는……,
 자유로운 영혼입니다."
"…….."

"그런 변수가 되는 걸 원치 않았어요."
"그래서 이혼하신 거군요.
 충분히 이해합니다."

케시가 밀했다
"그게 계기가 되었지요.
 하지만 그게 핵심은 아녜요."
"무슨 뜻이지요?"
"두 분이 바보 아닙니다.
 그 점도 고려해서 결혼한 것이고,
 결과도 괜찮았어요."

케시가 웃었다.
"부부가 욕심이 나신 거죠.
 80점짜리 부부관계에 만족하지 못했어요."
"해서 90점짜리를 찾아냈군요?"
"그래요, 그겁니다."
"그게 뭐죠?"
"바로 의리 관계입니다.
 그냥 의리가 아니라 공적 의리요."

캐시가 주머니에서 문서 한 장을 꺼내서 보여 주었다. 문서에는
'결의 선언서'라고 쓰여 있었다. 내가 물었다.
"결의 선언서가 뭐죠?"

"뭐, 결혼 선언서와 비슷해요.

 이제 두 사람은 의리 관계가 되었다는,

 일테면, 공개적이고 공식적인 선언이죠."

"예를 들어, 삼국지의 도원결의 같은 건가요."

"도원결의? 뭐……, 비슷합니다."

"그걸 선언씩이나 해요?"

"읽어 보세요."

내가 천천히 결의 선언서를 읽어 내려갔다.

"첫째, 서로에게 자유를 준다."

"그건 엄마가 쓴 거예요."

"둘째, 서로에게 도움을 준다."

"그건 아빠가 쓴 거예요. 새 아빠."

"셋째, 서로에게 신뢰를 준다."

"그건 캐시가 쓴 거예요."

내가 물었다.

"캐시도 참여했어요?"

"우정 출연이죠. 딸이기도 하고."

"넷째, 서로에게 ( )를 준다. 이건 공란이네요."

"코코는 그 안에 뭘 넣고 싶으세요?"

"재미요. 재미가 중요합니다.

 내 선택은 재밉니다."

캐시가 고개를 끄덕였다.

"예, 그렇게 쓰고 읽어 보세요."

공란에 '재미'라고 적어 넣고 처음부터 다시 읽었다. 이번에는 처음과는 달리, 어딘지 모르게 격조가 있어 보였다.

"형식도 내용도 괜찮아 보이네요."

"그렇다니까요."

"진짜 이대로만 된다면,
 부부보다 못할 게 없네요."

"두 분도 그렇게 생각하신 거죠."

캐시가 말했다.

"무엇보다도……,
 자식들에게 떳떳할 수 있고."

"그러네. 더 이상 재산 방정식의
 변수가 아니니까요."

"맞습니다."

내가 고개를 들었다.

"하지만 그렇지 않나요?"

"뭐가요?"

"이건 그냥 약속인데……,
 한쪽이 안 지키면요?
 그만이잖아요."

캐시가 웃었다.

"선언서 밑에 사인이 있지요?"

"아, 있네요. 하나, 둘, 셋……, 여덟 개 있네요."

"그 사인들이 권위를 줍니다."

"어떻게요?"

"거기 국회의장, 대법원장, 대통령의 사인이 들어 있어요."

"와! 대한민국 최고의 VIP들이네요."

"주한 미국 대사도 있어요."

나는 놀랍기도 하고 거부감이 들기도 했다.

"로마 교황 사인도 넣지 그랬어요?"

"추기경 사인은 있어요."

"과연 재벌의 힘이 대단하네요."

"반은 엄마 쪽 인맥예요."

"유감스럽네요."

내가 말했다.

"인간을 직위로 판단하는 거요."

"예, 인간을 직위만으로 판단할 수는 없죠. 해서,
평범한 사람 사인도 두 개 더 넣을 거래요."

"…… ."

"그래서 총 열 개가 됩니다."

"그 두 사람이 누구죠?"

"코코와 나요."

내가 물을 마셨다.

"나는 왜요?"

"두 분이 원하세요."

"일단 저는 자격이 없잖아요?"

"그 자격이라는 거,
 누가 정하죠?"

"……."

내가 물었다.

"내가 거절하면요?"

"거절하지 못할걸요."

"왜요?"

"왜냐하면,
 캐시도 원하니까."

34화

민주화 투쟁

며칠째

바람이 분다.

캐시의 낯빛이 어둡다.

"P시에 대한 소문 들었어요?"

"시민소요 말입니까?"

"민주 항쟁입니다."

"캐시가 어떻게 알아요?"

"정부 측 발표가 맞은 적 있나요?"

"다 틀린 것도 아니지요."

"가 보면 알겠지요."

일어서는 그녀를 잡았다.

"정말 가려고요?"

"예."

"괜찮을까요?"

"겁나세요?"

"조금."

캐시가 물었다.

"겁나면 안 해요?"

"더 합니다."

"왜요?"

"모양 빠져서,

겁먹은 내 모습이."

그날 밤늦게 우리는 P시에 도착했다. 도시 주변을 군인들이 지키고 있었다. 장갑차도 보였다. 병사가 젊은 대위를 불러왔다. 대위는 캐시에게 친절했다. 초소를 통과하며 내가 말했다.

"뭐, 생각보다는 덜 하네요."

"왜 그렇게 생각해요?"

"탱크가 없잖아요."

"그럼, 전쟁이라도 난 줄 알았어요?"

몇 번인가 경계초소를 더 만났지만, 그들은 지체 없이 길을 비켜 주었다. 심지어는 우리에게 거수경례까지 했다. 내가 물었다.

"왜죠? 왜 우리를 제지하지 않는 거죠?"

캐시가 웃었다.

"결의 선언서 기억나요?"

"……."

"엄마가 이혼하면서 작성한……."

"아, 그 결의 선언서, 나도 사인했잖아요."

캐시가 말했다.

"그 안에 군 고위층이 있어요."

"군에 인맥이 있군요?"

"엄마 쪽이요."

시내로 들어섰을 때는 자정이 다 되었다. 시가지가 매우 어수선했다. 항쟁의 흔적이 여기저기 눈에 띄었다. 이따금 총소리가 들렸다. 시민군을 태운 차가 빠르게 지나갔다. 병원 앞에 환자들이 시체처럼 누워 있었다. 참상은 생각보다 심각했다. 캐시가 말했다.

"이건 전쟁이네요."

"맞습니다, 제가 잘못 생각했네요."

우리는 지나가는 시민군을 만나서 상황을 물어보았다. 고등학생으로 보이는 젊은이의 눈이 붉게 충혈되어 있었다. 우리는 서둘러 시민군이 점거했다는 시청으로 갔다. 시청 주변을 군인들이 둘러싸고 있었다. 캐시를 만난 장교가 걱정스러운 목소리로 말했다.

"위험합니다. 돌아가시지요."

"제가 투항을 권유해 보겠습니다."

"안 됩니다. 저들은 제정신이 아닙니다."

"그건 저도 그래요."

우리가 시청 안으로 들어서자 무장한 시민군들이 우리를 막았다. 잠시 후 대여섯 명의 사람들이 우르르 몰려나왔다. 그들은 캐시와 반갑게 악수하고 우리를 안쪽으로 안내했다. 30분쯤 대화를 한 다음 캐시는 그들에게 하얀 봉투를 주었다. 나오면서 내가 물었다.

"뭘 준거죠?"

"돈을 줬어요. 현금."

"이 외중에 돈이 필요할까요?"

"상징이죠. 우리가 지지한다는……."

시청을 나오자 병사가 우리를 대령에게 안내했다. 30분쯤 대화를 한 다음 캐시가 봉투를 내밀었다. 나오면서 내가 물었다.

"해서 또 돈을 준 겁니까?"

"상징이죠. 우리가
 지지한다는."

내가 물었다.

"양쪽 다 지지합니까?"

"그렇습니다."

"왜요?"

캐시가 나를 보았다.

"모든 당사자가 최선을 다한다면."

"……."

"정의가 이깁니다."

"그럴까요?"

"게다가 지금은……,
 어느 쪽이 정의인지 확실치가 않아요."

내가 고개를 들었다.

"시민 쪽이 정의라고 생각합니다."

"아까는 정부 쪽 주장에도 일리가 있다고 했잖아요?"

"그때는 정보가 너무 부족했으니까."

"지금은 명확해졌나요?"

"봤으니까."

내가 강조했다.

"중요한 건 균형입니다.

 지금은 시민군이,

 약자입니다."

"그래서요?"

"시민군을 도와야 합니다.

 공정한 싸움이 되게 하려면······."

"나도 그렇게 생각해요."

"그런데 왜 둘 다 돈을 줘요?"

"아니, 시민군 쪽에 더 많이 줬어요."

내가 캐시를 바라보았다.

"시민군이 왜 캐시에게 호의적이죠?"

"엄마 인맥 중에 민주화 운동의 대부가 계세요.

 그분이 나를 많이 예뻐하셨지요."

"캐시를 예뻐하는 사람이,

 왜 그렇게 많죠?"

캐시가 웃었다.

"우리도 그만 갈까요."

"나는 남아서 싸울 겁니다."

"숙소로 가자고요. 호텔 말입니다."

"이 난리에 호텔 가 본들 들어갈 수 있겠어요?"

"예, 들어갈 수 있습니다."

"어떻게요?"

"엄마가 호텔 사장인 거 아시죠. 이 시에서 가장 큰 호텔 주인이 엄마 동생, 그러니까 우리 외삼촌이에요."

호텔에서 커피를 마시며 캐시가 말했다.

"이제 우리도 우리 일을 합시다."

"일? 어떤 일을 해야죠?"

"막아야만 합니다.

외국 간섭."

"왜요?"

캐시가 내 눈을 똑바로 쳐다보았다.

"민주화 투쟁은 우리끼리 해야 합니다. 우리 힘으로 말입니다.

외세가 개입되면 민주화의 본질이 흐려집니다.

그래서 그들이 실패한 겁니다."

"……."

"중동과 동남아의

민주주의 운동 말입니다."

캐시가 잔을 놓는다.

"나는 미국과 일본 쪽에 인맥이 있어요."

"인맥만으로 무슨 일을 해요?"

캐시가 고개를 든다.

"어떤 나라나 정책 결정은
 결국 한두 명이 합니다."

"그렇죠. 그래서요?"

"설득해야죠.
 그들을."

내가 물었다.

"안 되면요?"

"거래를 해야죠."

"거래가 안 되면요?"

"공갈 협박이라도 해야죠.
 할 수 있다면요."

내가 말했다.

"나 코코는……,
 저급한 행동은 하지 않습니다."

"공갈 협박도 고급스럽게 할 수 있어요."

캐시가 여기저기 전화를 걸기 시작했다. 놀랍게도 캐시는 외국어를 모
국어처럼 구사했다. 대부분의 통화는 짧게 끝났다. 끝나면 또 걸고, 끝

나면 또 걸고, 캐시는 잠시도 쉬지 않았다. 캐시는 통화가 끝날 때마다 커피를 마셨다. 커피를 따라주며 내가 말했다.

"좀 쉬면서 하시지요."

캐시가 땀을 닦으며 나를 보았다.

"코코는 중국과 북한에 인맥이 있지요?"

"중국과 러시아에서 한동안 거주했습니다."

"……."

"북한에서도 있었지만 잠깐입니다."

"그들 모두에게 전화하세요."

"대부분 비정치권인데."

"그래도 하세요."

나는 새삼스레 캐시를 쳐다보았다. 이 여자는 상황에 따라 여러 모습을 보인다. 때로는 순박한 시골 처녀로 보이고, 때로는 지성인으로 보이며, 때로는 인자한 선생님으로 보인다. 그런데 지금은? 지금은 전사로 보인다. 보이지 않는 적과 용감하게 싸우는 여전사 말이다.

35화
검은 피라미

세상에는 세 종류의 재미가 있다. 보기와 모으기와 잡기이다. 보는 재미로는 불구경과 싸움 구경이 최고다. 모으는 재미로는 뭐니 뭐니 해도 돈과 금이 최고다. 그리고 잡는 재미로는 붕어와 꿩이 최고다.

"캐시,
　가시지요.
　고기 잡으러."
"물고기요?"
"검은 피라미요."
"그런 물고기가 있어요?"
"있습니다. 아니, 있답니다."
"누가 그래요?"
"내 친한 친구가요."
"친구 말을 다 믿어요?"
"그 친구는 믿어요."

캐시가 물었다.
"갈 곳이 어디예요?"

"뭐라더라. 아, 유량천."

"유량천? 그게 어디 있어요?"

"천안이오. 하늘 아래 편안한 곳."

우리는 천안으로 내려가서 태조산 입구에서 차를 세웠다. 이곳이 유량천의 발원지이기 때문이다. 그런데 발원지가 좁고 검고 잡초가 무성했다. 물은 거의 나오지 않았다. 실망한 캐시가 말했다.

"무슨 발원지가 이래요?"

"글쎄……, 시작부터 좀 그러네요."

"하긴, 물 색깔이 검으니까.

물고기도 검겠네."

우리는 유량천 물길을 따라 천천히 내려갔다. 물의 양은 점점 불어났으나 외양은 별로 변화가 없었다. 캐시가 코를 막았다.

"이거야, 악취가 너무 심하네요."

"향기라고 생각하세요."

"그게 가능해요?"

"일체유심조라는 말도 있잖아요."

"성철 스님이 그랬죠. 산은 산이요. 물은 물이다."

"알았어요. 악취는 악취입니다."

잠시 더 내려오자 물이 제법 많아졌다. 악취도 좀 줄어들었다. 그러나 물의 오염 상태는 여전했다. 사방에 갈대가 무성했다. 내가 말했다.

"그래도 갈대는 잘도 자라네요."

"미싱은 잘도 도네요."

"뭐가 돌아요?"

"아녜요."

한참을 더 내려왔다. 캐시가 소리쳤다.

"여기 뭔가 있는데요."

"뭐가요?"

"뭔가 꼬물대요."

내가 고개를 끄덕였다.

"이놈들은 장구벌레입니다."

"장군벌레요?"

"장군 아니고 장구요."

"…… ."

"모기의 미래를 책임질 어린이요."

캐시가 어깨를 툭 쳤다.

"축하합니다."

"뭘요?"

"찾았잖아요."

"그러게, 뭘요?"

"유랑천 최초의 생명체요."

얼마 후 거친 물소리가 들려왔다. 밑으로 갈수록 소리가 커졌다. 드디어 작고 아담한 폭포가 눈앞에 나타났다. 캐시가 소리쳤다.

"와! 폭포다."

"…….."

"천안에도 폭포가 있었나?"

내가 말했다.

"폭포 아닙니다."

"예?"

"인공 펌프 시설입니다."

캐시가 물었다.

"이게 무슨 펌프지요?"

"지하수 뽑아내는 펌프요."

"청계천 같은 거요?"

"비슷합니다."

갑자기 신천지가 활짝 열렸다. 물이 많아지고 또 맑아졌다. 물에서 향긋한 냄새가 났다. 유속도 빨라졌다. 갈대와 잡초는 사라지고 예쁜 꽃들이 많이 보였다. 캐시가 감탄사를 연발한다.

"어머, 고기들이 많아요. 피라미가 있네요. 붕어도 있고요. 어라, 미꾸라지도 있네. 그런데 미꾸라지가 참 예쁘네요."

"그거요, 미꾸라지 아닙니다."

"그럼, 뭔데요?"

"모래무지입니다."

"바닥이 모래가 아닌데요?"

"그건 모래무지 잘못이 아닙니다.

 물론 캐시 잘못도 아니고……."

수심이 깊지 않은데도 잉어가 보였다. 어른 손바닥만 한 자라도 있
다. 누가 방생이라도 했나? 캐시가 손으로 가리킨다.

"오리 좀 보세요. 새끼들도 있네. 가족인가?"

"물고기가 있으니 새도 있는 거죠."

"어머, 예쁜 나비도 있네요."

"꽃이 있으니까요."

캐시가 말했다.

"이제 매도 날아오겠네."

"그럴걸요. 새들이 있으니까."

"오늘, 먹이 사슬의 진수를 보는군요."

"모두 행복해 보이지요?"

"예, 천국 같아요."

내가 말했다.

"전 그래서 슬픕니다."

"왜요?"

"이 아름다운 천국의 운명이,

 달랑 펌프 하나에,

 달려 있다니."

"예?"

"펌프가 멈추면,

  이 아름다운 천국이……,

  하루아침에 지옥이 되고 맙니다."

캐시가 말했다.

"안 멈추면 되잖아요."

"전기세가 오르면 멈출 겁니다."

캐시가 한숨을 쉰다.

"모래 위의 천국이군요."

"거미줄에 매달린 이슬인 거죠."

"왜 우리 얘기 같지?"

"그러게요."

캐시가 물었다.

"코코, 검은 피라미 안 잡아요?"

"예?"

"…… ."

"아, 잡읍시다."

나는 가방에서 뜰채를 꺼내서 물속에 넣었다. 그리고 몇 번인가 휘저은 다음 조심스럽게 뭔가를 떠서 검은 병에 넣었다.

"검은 피라미 잡았어요. 갑시다."

"좀 보여 주세요."

캐시가 고개를 갸우뚱한다.

"저는 아무것도 안 보이는데요?"

"검은 병에 넣었잖아요.

피라미도 검고요."

우리는 유량천 부근의 한 작은 병원을 찾아갔다. 병원 입원실에 누워 있던 파리한 얼굴의 소년이 우리를 반겨주었다.

"아저씨, 진짜로 오셨네요."

"잘 있었니?"

소년을 캐시에게 소개했다.

"천안에서 살고 있는 내 베프입니다."

"아, 바로 그 뻥튀기 게임……,

그때 코코를 지명했군요."

"예, 천재 게이머죠."

소년이 웃었다.

"검은 피라미 잡았어요?"

"물론이지. 누구 부탁인데……."

"고마워요. 친구에게 작별 인사해야죠."

소년이 병을 입에 댄다.

"친구여, 안녕!

행복하게 살아가렴.

천국에서 너를 기다릴게,"

251

소년이 나에게 병을 내밀었다.

"이제 내 친구를 집에 데려다주세요."

소년이 웃으며 말했다.

"모두 안녕!

아저씨도 안녕!

처음 만난 누나도 안녕!"

소년이 살포시 내 손을 잡았다.

"덕분에 재밌게 살았어요.

이제 좀 쉬고 싶어요."

소년의 작은 손이 내 손에서 스르르 빠져나갔다. 소년이 조용히 눈을 감았다. 한동안 무거운 적막이 흘러갔다. 캐시가 말했다.

"잠들었나 봐요. 쉽게 깨지 않을 거 같네요."

빗방울이 창문을 때린다. 내가 말했다.

"아닙니다. 곧 깨어날 겁니다."

"……."

"더 좋은 세계에서요."

"더 좋은 세계요?"

"더 이상은."

"……."

"죽음도 고통도 없는 세계요."

36화
용과 장미

캐시가 세 장의 손수건을 보여 주었다. 멋진 기사가 용과 싸우는 그림이 수놓아져 있다. 용의 발톱이 날카롭다. 싸움이 무척 격렬해 보인다. 옆에는 아름다운 장미 한 송이가 피어 있다. 세 장이 같은 그림인데 색만 적색, 청색, 녹색으로 달랐다. 내가 물었다.

"캐시가 직접 수를 놓았나요?"

"한 달이나 걸렸어요."

"대단합니다."

캐시가 물었다.

"예쁘지요?"

"예쁘면서 섬뜩하네요."

"코코가 의외로 겁이 많네요."

"캐시를 알고부터 더 그렇습니다."

캐시가 눈으로 웃었다.

"내일 갑시다."

"왜요? 용과 싸우게요?"

"용을 죽이고 장미를 구해야죠."

"누가 용이고 누가 장미죠?"

"가 보면 압니다."

내가 물었다.

"나도 가야 합니끼?"

"말이 없으면 어떻게 용과 싸워요?"

"캐시가 탈 말이 납니까?"

"최고의 명마죠."

"내가요?"

"싫으세요?"

"싫지만 갑니다."

캐시가 빨간 벤츠를 몰고 왔다. 오늘은 외모가 특이하다. 이런 모습
은 처음 본다. 화장이 짙고, 치마는 짧고, 하얀 장갑을 꼈다. 뇌쇄적이
라는 단어가 있는데 이런 때 쓰는 단어인가? 그런데 이상하다. 전체적
으로는 캐시 특유의 기품이 살아 있다. 내가 물었다.

"뭔가 메시지가 있는 거죠?"

"뭐가요?"

"이 특이한 외모요."

"역시 코코는 예리하네요."

내가 물었다.

"붉은 입술은?"

"경고입니다."

"짧은 치마는?"

"격려입니다."

"하얀 장갑은?"

"호소입니다."

내가 말했다.

"너무 일방적이네.

 도대체 짧은 치마를……,

 누가 격려의 의미로 받아들여요?"

"아님, 말고요."

캐시가 자세를 폈다.

"우선 청와대로 갑시다."

"청와대? 누구 만나려고요?"

"설마 푸른 기와 보러 가겠어요?"

우리는 청와대에서 대통령을 만났다. 무슨 까닭인지, 대통령은 시종
일관 싱글벙글했다. 캐시는 대통령에게 청색 손수건을 선물했다. 손
수건을 펴 본 대통령이 고개를 갸우뚱하며 물었다.

"누가 용이고 누가 장미인 거지?"

"그냥 용과 장미예요."

"아닌 거 같은데."

주로 대통령이 말하고 캐시는 듣기만 했다. 주로 일상적인 얘기를 했
다. 신기했다. 말수가 적기로 소문난 대통령이기 때문이다. 캐시가 갑

자기 좌측 다리를 우측 다리 위에 얹었다. 대통령이 웃었다.

"이 녀석, 치마가 짧구나."

"다리 예쁜 거 자랑 좀 하려고요."

"자랑 안 해도 알아."

차 안에서 내가 물었다.

"뭘 격려하신 거죠?"

"글쎄요."

"아실까요?"

"아마."

다음으로 우리는 늙은 시인을 만났다. 파격적인 시어로 젊은이의 피를 끓게 만드는 시인이다. 오랜 민주화 투쟁으로 몸은 야위었지만 자세는 곧고 눈빛은 형형했다. 시인은 캐시의 손을 잡고는 한동안 놓지 않았다. 캐시는 시인에게 녹색 손수건을 선물했다. 시인이 물었다.

"무엇이 용이고 무엇이 장미인 거니?"

"그냥 용이고 장미예요."

"그래? 그런가?"

시인은 캐시에게 많은 질문을 했다. 질문 중에는 캐시 엄마에 관한 것이 많았다. 캐시 엄마와의 인연이 깊어 보였다. 시인은 자주 고개를 끄덕였다. 햇볕이 따갑다. 캐시가 일어서며 장갑을 벗었다.

"좀 덥네. 아저씨, 이 장갑 버려 주세요."

"버리긴 조금 아까운데."

"그럼, 아저씨가 끼세요."

시인이 웃었다.
"낄 때마다
 캐시 생각하라고?"
"겸해서 우리나라도요."

차 안에서 내가 물었다.
"뭘 호소하신 거죠?"
"글쎄요."
"아실까요?"
"어쩌면."

마지막으로 우리는 전방으로 가서 1군 사령부를 방문했다. 사령관은 정장 모습에 선글라스를 끼고 있었다. 하지만 태도는 점잖고 온화했다. 캐시는 장군에게 적색 손수건을 선물했다. 장군이 물었다.
"누가 용이지? 그리고 누가 장미지?"
"그냥 용과 장미입니다."
"그래?"

이번에는 주로 캐시가 질문하고 장군이 대답했다. 캐시는 이순신 장군에 대해서 많은 질문을 했다. 장군은 성심성의껏 답변했다. 장군의 호의가 강하게 느껴졌다. 캐시가 담배를 꺼냈다.
"여기 금연이죠? 물고만 있을게요."
"그냥 끊지 그래."

장군이 캐시의 붉은 입술을 보았다.

"캐시, 입술이 예쁘네."

"너무 빨갛지요?"

"괜찮아."

캐시를 찾는 전화가 왔다. 캐시 만나려는 사람은 어디에나 있다. 캐시가 나가자 장군이 모자를 벗었다. 쓰고 있던 선글라스도 벗었다.

"신 교수라고 했던가? 내가 누군지 알아보시겠소?"

나는 그가 누군지 단번에 알아챘다.

"아, 추풍령의 그 여학생,

아버님이시군요."

그랬다. 그 분이다. 자살한 그 여학생 부친. 죄 없는 코코를 비련의 영화 주인공으로 만들어 버린 바로 그 여학생. 그녀와의 짧고 애달픈 사연들이 주마등처럼 눈앞을 스쳐 지나갔다. 장군이 조용히 말했다.

"내 딸 몫까지 더해서 캐시를 아껴 주시게.

내 언제든 자네를 돕겠네."

"예, 아버님."

차 안에서 내가 물었다.

"뭘 경고한 거죠?"

"글쎄요."

"장군이 알까요?"

"그래 주길 바라야죠."

258

칼국수를 먹으며 내가 물었다.

"오늘 말입니다."

"……."

"용을 죽였나요?"

"글쎄요."

"장미를 구했나요?"

"글쎄요."

돌연 캐시가 물었다.

"단팥빵에는 팥이 있죠?"

"……."

"그런데 왜 칼국수에는 칼이 없죠?"

캐시가 세 사람을 만난 지 일주일 후, 대통령은 과감하게 검찰 개혁과 군부 개혁을 단행했다. 수십 명의 검찰 간부가 옷을 벗었고, 수십 개의 별들이 우르르 떨어졌다. 검찰과 군부가 동요하고 정치권이 긴장했지만, 대통령은 한 발짝도 물러서지 않았다. 양심 세력과 국민들이 환호했다. 긴 기자회견을 끝낸 대통령이 단호한 어조로 말했다.

"행동하지 않는 양심은 죽은 양심입니다."

대통령의 하얀 재킷에 붉은 장미 한 송이가 꽂혀 있었다.

얼마 후 캐시를 만났을 때 그녀는 완전히 이전 모습으로 돌아와 있었다. 청바지에 검은 티의 소탈한 모습으로 말이다.

37화

신화의 시대

사람은

음식과 공기와

이야기를 먹고 산다.

캐시가 물었다.

"이 시대의 키워드가 뭘까요?"

"나보고 하나만 꼽으라면 신화입니다."

"신화요? 신화의 현대적 의미가 무엇이죠?"

"신화의 현대적 의미라…….”

내가 물었다.

"수학에는 공리가 있지요?"

"그 자체로 자명한 명제가 공리입니다."

"역사에서의 공리가 신화입니다."

"그 자체로 자명한 역사요?"

"예, 그렇습니다."

"증명할 수 없다는 뜻인가요?"

"안 하는 거지요."

"왜요?"
"신화니까요.
 신화는 스스로 신화입니다."

캐시가 물었다.
"신화는 고대의 이야기 아닌가요?"
"고대? 무엇이 고대죠?"
"…… ."
"먼 미래를 기준으로 보면……,
 지금이 바로 고대입니다."

캐시가 웃었다.
"신화는 어떻게 만들어질까요?"
"생각에서 만들어집니다."
"생각에서요?"

내가 설명을 시작했다.
"첫째, 생각의 일부가 의도를 낳습니다."
"그리고요?"
"둘째, 의도의 일부가 시도를 낳습니다."
"그리고요?"
"셋째, 시도의 일부가 사건을 낳습니다."
"그리고요?"
"넷째, 사건의 일부는 역사가 됩니다."

"그래서요?"

"다섯째, 역사의 극히 일부가……,

신화가 됩니다."

"해서, 생각이 신화의 근원이군요."

"태초에 생각이 있었습니다.

그로부터 모든 것이,

나온 거죠."

캐시가 물었다.

"모든 나라에 신화가 있나요?"

"국적 없는 신화는 있어도, 신화 없는 국가는 없죠."

"예를 들어, 칭기즈칸은 신화인가요?"

"몽골인들에겐 신화입니다."

"…….."

내가 말했다.

"알렉산더도 신화입니다.

유럽인들에겐…….."

"아인슈타인은요?"

"거의 신화죠.

과학자들에겐…….."

캐시가 물었다.

"우리나라엔 없나요?"

"이순신 장군이 있지요."

"이순신 장군이 신화입니까?"

"역사를 넘어 신화로 가고 있습니다.

 아! 세종대왕도 있네요."

내가 말했다.

"박정희 대통령은……,

 좌파에겐 역사지만 우파에겐 신화입니다."

"그럼, 김대중 대통령은?"

"우파에겐 역사지만 좌파에겐 신화입니다."

캐시가 고개를 끄덕였다.

"김연아와 손흥민은 어떤가요?"

"먼 미래에는 신화가 될 수도 있습니다."

"먼 미래요? 왜 미래인 거죠?"

"죽어야 하거든요."

캐시가 웃었다.

"신화에도 믿음이 있나요?"

"예, 신화에도 믿음이 있습니다."

"캐시는 신화도 종교도 믿지 않습니다."

내가 어깨를 폈다.

"종교의 믿음은 의식에 있지만,

 신화의 믿음은 무의식에 있습니다."

"그런가요?"
"무신론자는 있어도,
 무신화론자는
 없습니다."

캐시가 물었다.
"역사의 시작점이 신화인가요?"
"그렇습니다.
 이 세상 모든 역사는,
 신화의 시대로 시작됩니다."
"시대는 계속해서 바뀌지 않나요?"
"예, 계속 바뀝니다."
"어떻게요?"

내가 커피를 마셨다.
"첫째, 신화의 시대가 종교의 시대로 바뀝니다.
 둘째, 종교의 시대는 이념의 시대로 바뀝니다.
 셋째, 이념의 시대는 물질의 시대로 바뀝니다."
"물질의 시대는 자본주의가 열었죠?"
"맞아요. 시장경제가 연 거죠."
"지금이 물질의 시대죠?"
"벗어나고 있어요.
 이제 물질의 시대가 지고,
 신화의 시대가 열리고 있습니다."

캐시가 물었다.

"해서 다시 처음으로 돌아가는 거네요?"

"우주는 순환합니다.

계속."

캐시가 고개를 갸우뚱한다.

"왜 이 시점에서 신화의 시대로 회귀하죠?

"희망이 사라진 게 이유입니다."

"희망이 왜 사라진 거죠?"

내가 캐시를 보았다.

"모든 노력이 무의미해져서요.

노력으로 얻을 수 있는 게 없잖아요?

특히 젊은 세대들이 말입니다."

캐시가 다시 물었다.

"신화의 시대에는

어떤 가치가 중요하죠?"

"기호, 상징, 접속, 느낌 같은 거요."

"왜 그런 가치들이 뜨는 겁니까?"

"물질에 대한 대안인 거죠."

"아, 그래서 뜨는군요.

판타지 말입니다."

"게임도요."

내가 물었다.

"세상에서 가장 강한 게
 뭐라고 생각해요?"

"글쎄요."

"이야깁니다."

"이야기라······."

"이야기는 칼보다 강합니다.
 이야기는 금보다 강합니다.
 이야기는 법보다 강합니다."

캐시가 물었다.

"무슨 말을 하려는 거죠?"

"이야기의 결정판이 바로 신화입니다.
 해서 모든 대결이 신화의 대결로 귀결됩니다."

캐시가 고개를 끄덕인다.

"현재로선 어느 쪽이 유리할까요?
 작금의 미중 대결······."

"둘 다 좀 그렇죠."

"어떻게요?"

"중국이 내세우고 있는 중국몽은,
 세계인의 감동을 끌어낼 수 있는 신화가 아닙니다.
 아니, 신화가 될 수 없습니다."

캐시가 물었다.

"중국은 그렇고, 미국은?"

"미국은 신화 자체를 못 만들고 있어요.

새 시대에 맞는 신화를."

"왜 그런 거죠?"

"기득권에 대한 미련 때문이죠.

과거의 낡은 신화를 놓지 못하고 있는 겁니다.

대영 제국이 그랬던 것처럼⋯⋯."

캐시가 물을 마셨다.

"이런 시대에 왜 한류가 뜨는 거죠?"

"신화를 발견한 겁니다.

한류에서 말이죠."

"누가요?"

내가 말했다.

"전 세계의 많은

젊은이들과

어린이."

캐시가 웃었다.

"언젠가는,

캐시의 사랑도,

신화가 될 수 있을까요?"

내가 말했다.

"캐시는……,

 존재 자체가 신화입니다."

"…… ."

"누군가에겐."

38화
위험한 사냥

낙엽은
순서가 없다.
캐시의 행동이 그렇다.

캐시가 말했다.
"이장한테 전화가 왔어요."
"어디 이장이요?"
"태평리."
"태평리가 어디죠?"
"캐시가 태어난 곳입니다."
"캐시는 별나라에서 왔다고 했잖아요?"
"별에서 태평리로 온 거죠."

내가 웃었다.
"무슨 전화가 왔어요?"
"산짐승 피해가 심하대요."
"산짐승이라면?"
"고라니, 삵, 담비, 멧돼지 같은 거요."

"설마 가축 피해는 없겠죠?"
"있답니다."

내가 물을 마셨다.
"마을이 커요? 태평리 말입니다."
"옛날엔 500호 넘었는데 지금은 50호 정도 남았어요."
"어디나 인구 감소가 큰 문제입니다."
"자연스러운 일이죠."
"예?"

캐시가 말했다.
"생로병사를 겪는 거죠.
마을도, 회사도, 국가도."
"무슨 뜻이죠."
"Nothing last.
영원한 건 없습니다.
50억 년 후엔 태양도 가요."

내가 말을 끊었다.
"하고 싶은 말이 뭐죠?"
"같이 가자고요."
"예?"
"잡아야죠.
산짐승……."

"누가요?"

캐시가 나를 쳐다본다.
"내가 사격 선수였다는 말 안 했나요?"
"사냥과 스포츠는 많이 다르죠."
"타깃을 쏘는 건 같아요."

캐시가 말했다.
"코코,
 잊었어요? 나,
 전쟁에도 참여했잖아요."
"죽을 수도 있었죠."
"살았잖아요."

내가 웃었다.
"나는 사냥을 해 본 적이 없어요."
"사냥은 캐시가 합니다."
"그럼 나는 뭐하죠?"
"지켜 줘야지요.
 캐시를."

내가 물었다.
"장비는 있어요?"
"독일제 총이 있어요."
"사냥개도 필요할 텐데."

"있어요. 라이온."
"라이온?"

캐시가 말했다.
"요전에 내 침실에서 봤죠?"
"아! 라이온, 송아지만 한 괴수 말이죠.
 그 몸으로 뛸 수 있어요?"
"호랑이는 더 커요."

내가 물었다.
"사냥은 며칠 동안 합니까?"
"내일 아침에 시작해서 모레 새벽까지요."
"사냥을 잠도 안 자고 합니까?"
"이건 게임이 아닙니다."

캐시가 말했다.
"싸움이죠. 생사를 건."
"그래서요?"
"싸움엔 룰이 없어요.
 당연히 밤낮도 없습니다."
"그런 싸움을 왜 캐시가 해요?"
"그럼, 누가 해요?"

캐시가 나를 쳐다보았다.
"실은 사냥꾼들이 포기했어요."

"사냥꾼들이? 왜요?"

"상대가 너무,

 강해서요."

"…… ."

"희생자도 있어요.

 죽은 사람도 있다고요."

내가 물었다.

"도대체 뭡니까? 그게."

"사람들은 그를 '킹'이라고 부릅니다."

"킹의 정체가 무엇입니까?"

"늙은 멧돼집니다."

"커요?"

캐시가 대답했다.

"작아요.

 황소보다는."

"그놈을 잘 아네요?"

"그야, 만난 적이 있으니까."

"만난 적이 있다고요? 어떻게요?"

"글쎄요. 얘기가 길어요."

캐시가 말했다.

"나는 킹의 장단점을 잘 압니다."

"킹도 마찬가지 아닌가요?"

"그건 그렇지요."

다음 날 새벽 6시쯤 우리는 태평리에 도착했다. 산은 높고 넓고 몹시 험준했다. 숲이 울창하고 길 같은 것은 보이지 않았다. 안개가 자욱해서 시야가 흐릿했다. 뒤를 돌아보며 내가 물었다.

"어? 라이온이 없네. 어디를 간 거지요?"

"숲속 어딘가에 있을 겁니다."

"나는 뭘 하죠?"

캐시가 권총을 주었다.

"덤비는 놈 있으면 쏘세요."

"권총으로 킹을 이길 수 있을까요?"

캐시가 살짝 웃었다.

"킹은 코코에 관심 없어요."

"예?"

"킹은 나를 기다려요. 캐시 말입니다."

내가 정색하고 말했다.

"나는 캐시를 보호하기 위해 온 겁니다."

"코코는 그냥 있어 주면 됩니다."

"……."

"캐시에겐 그것으로
 충분합니다."

캐시가 나에게 윙크를 해 보이고는 숲속으로 들어갔다. 나는 거대한 나무 밑에 웅크리고 앉았다. 안개가 많이 걷혔다. 가끔 총소리가 들렸다. 짐승의 포효 사이로 짧은 휘파람 소리도 들렸다. 필시 캐시가 내는 소리 같았다. 황혼이 질 무렵 캐시가 나타났다.

"코코, 오늘 아무 일 없었나요. 무사합니까?"

"예, 나는 괜찮습니다. 캐시는요?"

"담비들과 싸웠어요."

"담비요?"

"다섯 마리요."

"……."

"놈들이 킹을 경호합니다."

내가 물었다.

"킹을 경호합니까?"

"놈들을 물리쳐야 킹이 나타나요."

"그래서 물리쳤습니까?"

"한 놈을 죽였어요."

"킹이 화를 내겠군요."

"오늘 밤에 나타날 겁니다."

"마을 내려갔다가 내일 아침에 오죠."

캐시가 호기롭게 말했다.

"일단 시작했으면,

끝을 봐야죠.

캐시는 숲속으로 사라졌다. 불안이 엄습했다. 나는 산 정상으로 올라갔다. 산 정상에는 넓은 공터가 있었다. 공터의 한쪽에 오래된 소나무가 있었다. 나는 나무 위로 올라가서 자리를 잡았다. 공터가 내려다보였다. 밤새도록 정적이 이어졌다. 총소리도 짐승의 포효도 들리지 않았다. 긴장이 풀리면서 잠이 쏟아졌다. 어느 순간 눈을 떴다. 여명이 밝아 오고 있었다. 눈앞에 놀라운 광경이 펼쳐졌다. 나는 눈을 비볐다.

"내가 아직 잠이 덜 깼나?"

공터의 중앙에 작은 장승처럼 캐시가 서 있다. 그리고 캐시로부터 십 미터쯤 떨어진 곳에 크고 둥근 바위가 있었다. 아니, 그건 바위가 아니다. 이 거대한 산을 지배하고 있는 제왕, 바로 그 킹이다. 킹의 모습은 크고 당당하고 우람했다. 한순간 나는 두 마리의 아름다운 야수를 보고 있다는 느낌이 들었다. 나는 나도 모르게 중얼거렸다.

"그래, 이건 꿈일 거야. 현실일 수가 없어."

오랫동안 두 야수는 미동도 하지 않았다. 나는 긴장으로 숨이 멎는 듯했다. 윙하고 칼바람이 불어왔다. 킹의 검은 털과 캐시의 긴 머리가 동시에 흔들렸다. 그 순간 킹이 천천히 캐시 쪽으로 이동했다.

"탕, 탕, 탕."

캐시의 총구가 불을 뿜었다. 킹이 움찔하며 발걸음을 멈췄다. 그러나 킹은 쓰러지지 않았다. 캐시는 총을 내리고 조용히 킹을 응시했다. 다음 순간 킹의 거대한 몸이 공처럼 튀어 오르는가 싶더니 캐시를 훌쩍 뛰어넘었다. 나는 자신도 모르게 고함을 질렀다.

"캐시!"

나는 나무에서 급히 뛰어내렸다. 몸이 뒤뚱거렸다. 나는 권총을 똑바로 킹에게 겨눴다. 그러나 총을 쏘지는 않았다. 캐시가 쓰러지지 않았기 때문이다. 킹은 나를 힐끗 쳐다보았다. 킹은 나를 무시하고 앞으로 걸어가더니 조용히 숲속으로 사라졌다. 그 순간 허리 근처에서 뭔가 이질감이 느껴졌다. 깜짝 놀라 옆을 보니 라이온이 버티고 서 있었다. 캐시의 충성스러운 보디가드인 바로 그 라이온 말이다.

오후가 되자 마을에서 작은 잔치가 벌어졌다. 마을 사람들이 이구동성으로 캐시의 노고를 치하했다. 내가 이장에게 물었다.
"한 마리도 잡지 못했는데 왜 치하해요?"
"킹이 떠났으니 된 겁니다."
"킹이 떠난 걸 어떻게 알지요?"
"개들이 뛰놀고 있잖아요."
"킹은 왜 떠난 거죠?"

이장이 담배를 꺼내 물었다.
"퀸을 만났으니까.
 킹 어릴 적 친구요."
"대체 왜 싸우는 겁니까?
 둘이 오랜 친구라면서……."
"두 친구의 조상 사이에 악연이 깊지요.
 서로가 죽고 죽이는……."

"그런데 누가 퀸이지요?

아, 아닙니다."

이장이 생각난 듯 물었다.

"그런데 선생은 여기 왜 온 거요?"

"캐시를 보호하려고요."

"보호하려고?"

이장이 혀를 찼다.

"그렇다면 실수한 거요.

캐시가 여기 오는 걸 막았어야지.

어떻게든……."

돌아오는 차 안에서 캐시가 상의를 벗었다. 어깨가 피로 물들어 있었다. 다행히 출혈은 멈춘 듯했다. 내가 놀라서 말했다.

"캐시, 병원에 가 봐야 하는 거 아닙니까?"

"나 혼자 다친 거 아닙니다.

라이온도 다쳤어요."

뒷좌석에 타고 있는 라이온을 보았다. 깊이 잠들어 있었다. 온몸 여기저기 털이 한 움큼씩 빠지고 상처가 드러나 보였다. 내가 물었다.

"라이온은 언제 다친 거지요?"

"담비들과 싸우다가요."

"그 담비들이요?"

"거의 개만 한 맹수입니다."

"아까 킹과 대치한 위기의 순간,
 라이온은 왜 캐시를 돕지 않은 거죠?"

캐시가 나를 바라본다.
"라이온이 온 건,
 나 때문이 아닙니다."
"예?"
"코코를 지키려고 온 겁니다."
"나를요?"

캐시가 말했다.
"라이온은 잠시도,
 코코를 떠나지 않았습니다."
"……."

캐시가 고개를 돌려 라이온을 바라본다.
"킹이 총을 겨눈 코코를 내버려 둔 것은."
"……."
"코코 곁에 의연히 버티고 선,
 라이온 때문입니다."

39화

K13

어느 날 밤 경찰 셋이 내 차를 세웠다. 셋은 다짜고짜 내 차에 올라 탔다. 앞좌석에 탄 경찰이 권총을 꺼내서 무릎 위에 놓았다.

"복장은 이래도 우린 경찰이 아닙니다. 하지만……."

"…….",

"나쁜 사람은 절대 아닙니다."

내가 물었다.

"어디서 나왔나요?"

"일종의 정보기관입니다."

"일종의 정보기관?"

"국가 간 정보기관 연합체입니다."

그가 내민 명함에 'K13'이라고 쓰여 있다.

"당신이 K13입니까?"

"그렇습니다. 나는 K13입니다.

그리고 내가 속한 조직도 K13입니다."

"잠시 차를 세우겠습니다."

"세우지 마세요."

내가 K13을 쳐다보았다.

"중독입니다. 커피 중독……."

"누가 말입니까?"

"나요."

"가세요."

"못 갑니다.

 사고 납니다."

K13이 권총을 들었지만 나는 개의치 않고 차를 멈추었다. 나는 종이컵
과 보온병을 꺼냈다. K13이 들었던 권총을 무릎 위에 놓았다. 나는 천천
히 커피를 따라서 세 사람에게 돌렸다. 내가 먼저 마셨다.

"걱정하지 마세요. 독 탄 커피 아닙니다."

"우린 당신의 적이 아닙니다."

"믿겠습니다."

경직된 분위기가 한층 부드러워졌다. 긴장을 푸는 데는 커피만 한 게
없다. 잠시 시차를 둔 후 내가 낮은 어조로 물었다.

"내 차가 약간 특이해 보이지 않나요?"

"이상한 장치들이 좀 있군요."

"설명해 드릴까요?"

"……."

"내 바이털 신호에 이상이 발생하면……,

 즉시 가스가 분출됩니다."

"어디서요?"

"차 안에서요."

K13이 물었다.

"바이털 신호라면?"

"혈압, 맥박, 호흡 같은 거요."

"어떤 가스입니까?"

"3초 내에 의식을 잃지요."

"차 탄 사람 모두 죽는 겁니까?"

"깨어납니다. 경찰이 출동한 후에요."

K13이 웃었다.

"우리 나쁜 사람 아니라고 했지 않소?"

"좋은 사람도 위험할 수 있지요."

"그건 그렇지만……."

내가 조용히 물었다.

"나한테 무슨 용무가 있습니까?"

"부탁할 게 있습니다."

"부탁이요?"

"거래이기도 하고."

"일단 들어 봅시다."

그가 남은 커피를 마셨다.

"어떤 사람을 보호해 주시오."

"누구요?"

"때가 되면 알려 줄 겁니다."

"보호해 주면요?"

"조직이 당신을 보호합니다."

"나는 보호가 필요 없는 사람입니다."

"아닌 거 같은데……."

"예?"

"그런 사람이……,

이런 장치가 필요합니까?"

내가 웃으며 물었다.

"조직이 보호하면 될 거 아니요?

번거롭게 부탁하지 마시고……."

"위험에 빠져들 때 도와줄 수는 있지만……."

"……."

"스스로 위험에 뛰어드는 걸,

막기는 어렵지요."

"그래서요?"

"당신의 도움이,

그래서 필요합니다."

"그 사람을 말려 달라고요?"

"바로 그거요."

나는 마음이 좀 놓였다.

"왜 그녀를 보호하려는 거죠?"

"여자라고 말 안 했는데."

"여자가 아닙니까?"

"말할 수 없소."

K13이 선글라스를 고쳐 썼다.

"그는 평화를 위해 긴요한 인물이요."

"어디 평화요? 세계 평화요?"

"특히 태평양의 평화요."

내가 물었다.

"그 사람의 역할이 뭐죠?"

"그 사람은 복잡한 국제관계에서……,

　킹 핀 역할을 합니다."

"킹 핀?"

"안전이 걸려 있다고요.

　수십억 인류의."

"…….．"

K13이 웃었다.

"농담 하나 할까요?"

"…….．"

"그의 미팅 요구를 거절할 수 있는 지구인은,

　아마 로마 교황뿐일 겁니다."

"교황은 거절합니까?"

"안 하겠죠.

 아마."

내가 물었다.

"내 주변에……,

 그런 인물이 있습니까?"

"있습니다. 그래서 온 거죠."

내가 정색했다.

"거절한다면 어쩔 겁니까?"

"거절 못 할 겁니다. 아니 안 할 겁니다."

"그걸 어떻게 아십니까?"

"K13은 압니다."

K13이 내렸다. 내가 물었다.

"그런데요.

 유령 단체 아니죠?

 당신이 속해 있다는 K13."

"무슨 뜻입니까?"

"이 만남이 한 판의 해프닝 아닌지……."

K13이 메모지를 꺼내더니 뭔가를 적었다. 그는 적은 메모지를 반으로 접어서 하얀 서류 봉투에 넣은 다음 나에게 주었다.

"이 글이 그 질문의 대답이 될 겁니다."

돌아서는 그에게 슬쩍 물었다.

"캐시를 아십니까?"

"모릅니다."

편지 내용은 간단했다.

"믿는 자에게 복이 있나니."

그런데 봉투의 우표가 이상했다. 처음 보는 디자인이다. 우리나라 우표는 아니다. 친분이 있는 우체국장에게 전화했다. 다음 날 저녁 그가 소개해 준 우표 전문가를 만났다. 우표를 본 그가 물었다.

"선생은 이 우표를 어디서 구한 겁니까?"

"출처에 대해서는 말할 수 없습니다."

"그렇겠죠. 전설의 우표니까."

"그래서 값이 나갑니까?"

"부르면 값이죠."

그가 물었다.

"정확한 값을 알아볼까요?"

"부탁이 있습니다."

"말씀하세요."

"수집가에게 주십시오.
 우표의 진가를 알고 있는."

"이 우표를 말입니까? 공짜로요?"

"주는 대로 받으세요."

"그래서요?"

내가 일어섰다.

"그 돈을 기부해 주세요."

"어디에?"

"전쟁을 막기 위해 애쓰는 단체요."

"기부자는 누구로 할까요?"

"K13, 아니……,

K14로."

그가 물었다.

"저를 믿습니까?"

"나는 나도 믿지 않아요."

"근데 왜 제게 일임하는 거죠?"

"나는 내게 주어진 옵션 중……,

최선을 선택할 뿐입니다.

최선을 말입니다."

벌써 1년 전의 얘기다. 그동안 K13으로부터는 어떤 연락도 온 적이 없다. 그런 생각이 문득 들었다. K13은 내게 전달해야 할 메시지를 그때 충분히 전달한 것이라고. 하니 다시 만날 일은 없을 거라고.

40화

캐시의 사명

최근 들어,

캐시가 웃지 않는다.

내가 물었다.

"캐시!

캐시는 지금,

뭔가 도모하고 있죠?"

"...... ."

"그것이 캐시의 마지막 도전인가요?"

캐시가 고개를 끄덕였다.

"예, 캐시의 마지막 사명입니다."

"너무 힘들어 보입니다."

"예, 힘듭니다."

"근데 왜."

캐시가 나를 본다.

"누구나 타고난 운명이 있습니다."

"……."
"세상 사람 모두가 캐시를 좋아합니다. 아니,
 동물과 곤충과 길가의 풀꽃까지
 캐시를 좋아합니다."
"예, 압니다."
"그래서 이 일을 해야 하는 겁니다.
 이 지구에서 오직 캐시만이
 할 수 있는 일이니까."

내가 일어섰다.
"나도 동참합니다.
 캐시의 마지막 사명."

캐시가 내 손을 꼭 잡았다.
"코코, 고맙습니다. 하지만,
 신중해야 합니다."
"……."

캐시가 말했다.
"그 일을 하려면."
"……."
"충분히 용감해야 하고,
 충분히 지혜로워야 하고,
 충분히 따뜻해야 합니다."

내가 고개를 들었다.

"언제든 죽을 수 있습니다.

 캐시를 위해서."

캐시의 얼굴에 미소가 어렸다.

"끝까지 살아 주세요.

 캐시를 위해서."

"예. 캐시."

침묵이 흐른다.

"코코."

"예, 캐시."

"언젠가 저에게

 킬러냐고 물은 적 있죠?"

"…….."

"우린 사람을 죽여야 할지도 모릅니다."

"…….."

"더 많은 생명을 지키기 위해서 말입니다."

캐시가 내 손을 잡는다. 뜨겁다.

"코코, 코코는 끝까지 내 곁을 지켜 주실 겁니까?"

"그렇습니다. 지금까지 그래 왔듯이,

 나는 캐시를 지킬 겁니다."

"감사합니다. 코코."

내가 캐시를 보았다.

"캐시, 할 말이 있습니다."

"……."

"나는 캐시를 위해서 죽을 수 있습니다."

"……."

"나는 인류를 위해서 죽을 수 있습니다.
 하지만……."

내가 가만히 캐시의 손을 놓았다.

"나는 캐시를 위해서 사람을
 죽일 수는 없습니다."

"……."

"나는 더 많은 사람을 살리기 위해서,
 사람을 죽일 수는,
 없습니다."

"……."

"나는 그게 설사 하느님의 뜻이라도
 사람을 죽이지 않습니다."

"……."

내가 고개를 숙였다.

"미안합니다.
 캐시."

캐시의 눈에 물결이 인다.

"예,

 압니다.

 잘 압니다."

캐시가 나를 안았다.

"그래서

 캐시에게는

 코코가 필요합니다."

41화
캐시의 조국

별들이
너무너무 많다.
구슬을 뿌려 놓은 것 같다.

캐시가 물었다.
"코코, 뭘 찾나요?"
"가장 빛나는 별……,
　캐시의 고향이요."
"찾았습니까?"
"글쎄요."
"…… ."
"있다 싶으면 없고,
　또 없다 싶으면 있고,
　계속 찾고 있습니다."

캐시가 웃었다.
"저도 그렇습니다.
　평생을 찾고 있습니다."

내가 물었다.

"저, 캐시, 혹시……,

아프리카에서 살았던 적 있어요?"

"어릴 때 잠시. 왜요?"

"……."

내가 캐시의 눈을 쳐다보았다.

"캐시, 일본 사람입니까?"

"저 말입니까?"

"……."

"여권 보여 드려요?"

"국적 말고요."

"……."

바람이 차다. 가을도 끝나 가나? 캐시는 한동안 생각에 잠겼다. 캐
시의 고개가 나를 향했다. 내가 그녀를 제지했다.

"아, 말하지 마세요. 캐시."

"……."

"이젠 됐습니다.

어차피 달라질 건 없어요."

우리는 묵묵히 걸었다. 캐시가 멈춘다.

"코코!"

"예, 캐시."

"코코는……,

중국 사람인가요?

국적 말고…… ."

내가 차분히 물었다.

"무슨 얘길 들었습니까?"

"…… ."

"대답할까요?"

캐시가 고개를 저었다.

"아니요. 하지 마세요. 됐습니다."

나는 잠이 오지 않았다. 밤늦게 겨우 눈을 붙였으나 동이 트기 전에 깼다. 캐시에게 전화를 걸었다. 캐시가 바로 받는다.

"캐시, 캐시는 조국을 사랑하나요?"

"예? 그럼요."

"캐시에겐 무엇이 조국이죠?"

잠시 후 캐시의 부드러운 음성이 들려왔다.

"사랑하는 사람을 만난 나라요."

"태어난 나라 아니고요?"

"그렇습니다."

캐시가 정적을 깬다.

"코코에게는 무엇이 조국이죠?"

"캐시의 조국이요. 캐시의 조국이 나의 조국입니다."

"코코, 우리는 조국이 같군요."

"예, 같습니다."

캐시가 부른다.

"코코!"

"예, 캐시."

"난 조국을 떠나지 않을 겁니다.

영원히……."

내가 말했다.

"난 캐시를 떠나지 않을 겁니다."

"……."

"영원히……."

<시즌 1 끝 : 로맨스 편>

부록 몇 가지 논점들

1. 작품 설명

"동아시아 연합의 창립과정을 다룬 대하소설"

아메리카에는 합중국이 있고, 유럽에도 유럽 연합이 있다. 요즘 지역 패권주의가 점점 기승을 부리고 있다. 우리가 원하든 말든, 한중일이 살아남기 위해서는 EAU(East Asia Union) 즉, 동아시아 연합이 필요하다고 생각한다(특히 핵전쟁의 위협에서 벗어나기 위해서는 EAU가 필수적이다). 지금처럼 삼국이 서로 반목하다가는 공멸할 수도 있다.

그동안 한중일을 아우르는 소설(혹은 영화나 드라마)은 나온 적이 없지 싶다. 삼국 중 두 나라가 싸우거나 갈등하는 소설이 있을 뿐이고 그나마도 한쪽 입장을 대변하는 것이 대부분이다. 일테면, 토지, 주몽, 대조영, 고구려, 태백산맥, 명량, 불멸의 이순신 등 그동안 발표된 우리나라의 영화, 드라마, 소설은 예외 없이 우리 민족의 범주를 벗어나지 않는다(중국소설『삼국지』나 일본 소설 '대망'도 중국이나 일본의 내전을 다룬다). 그런 점에서 (동아시아를 무대로 하는) 소설『삼색 진주』의 차별성이 있다.

삼국 연합의 중심은 다양한 측면을 고려할 때 한국이 바람직해 보인다. 국민 감정상(혹은 역사적 관점에서)으로도 중국이 중심이 되면 일본이 반발할 게 뻔하고 그 반대도 마찬가지일 거다. 그런 점에서 동아시아 연합 EAU의 본부 건물 역시 한국에 위치하는 게 자연스럽다고 생각한다.

줄거리는 대략 다음과 같다. 21세기 후반으로 접어들면서 동아시아의 평화가 심하게 위협받는다. 한중일의 정보기관 중 일부 핵심 인사들이 비밀 조직 K13을 결성한다. K13의 목표는 한중일을 주축으로 한 동아시아 연합 EAU를 창설하는 것이다. 조직은 이 프로젝트를 수행할 인재를 찾는다. 그렇게 찾아진 인재가 '캐시'이다. 조직은 캐시를 기까이서 보호해 줄 제2의 인재를 기다린다. 그 제2의 인재가 캐시가 운명처럼 만난 '코코'이다. 조직은 두 사람을 비밀리에 보호한다. 한 마디로 이 소설은 한중일 삼국을 정치적, 경제적, 문화적, 이념적, 감성적으로 통합하는 이야기이다.

이 책 시즌 1의 목표는 간단하다. 즉, 〈한국 국적의 중국계 남자 주인공과 일본계 여자 주인공이 만나서 사랑과 식견을 키워 가는 과정에서 한중일 삼국의 연합 가능성을 간접적으로 보여 주는 것〉이다. 시즌 1은 주로 두 주인공의 로맨스를 다루기 때문에 EAU에 대한 얘기는 별로 없다. EAU 창립에 대한 본격적인 이야기는 시즌 2에서부터 시작될 거다. 다양한 난관과 빌런들에 맞선 주인공의 활동도 시즌 2에서 본격화될 예정이다.

주) 이야기 자원

이 소설은 역사상 유례없는 장대한 대하소설이 될 것이다. 이야기 자원은 걱정할 필요가 없다고 생각한다. 생각해 보시라. 지난 5000년간 처절한 투쟁과 갈등으로 점철된 한중일 삼국을 정치적/경제적/이념적/문화적/감성적으로 통합하고 조율하는 이야기다. 얼마나 할 애기가 많겠는가.

2. 패러다임

대부분의 소설(특히 대하소설)은 그 소설에서 사용하는 특유의 패러다임이 있다. 일테면, 무협지에는 무협지의 패러다임이 있고, 판타지에는 그 판타지 특유의 패러다임이 있다. 하나의 소설에 잘 정립된 패러다임이 주어지면 저자 입장에서도 쓰기 쉽고 독자 입장에서도 읽기 쉽다. 패러다임이 소통을 위한 기축 언어 역할을 하기 때문이다. 이 소설에서 제시하는 패러다임을 요약하면 다음과 같다.

① 첫째, 이 소설은 먼치킨 소설이다.
　주인공은 처음부터 힘과 능력을 갖추고 성공한 지성인으로 시작한다.
② 둘째, 이 소설은 걸 크러시 소설이다.
　이 소설은 완벽한 능력을 갖춘 슈퍼 우먼이 주인공이다. 이 소설에는 여성 상위라는 시대적 트렌드가 뚜렷하게 반영되어 있다.
③ 셋째, 이 소설은 모험 소설이다.
　이 소설에는 수많은 모험이 등장한다.
④ 넷째, 이 소설은 성장 소설이다.
　이 소설(시즌 1)의 남녀 주인공은 토론과 모험과 다양한 사건과의 조우를 통해서 인격과 식견과 사랑과 교양을 키워나간다.
⑤ 다섯째, 이 소설은 정치 소설이다.
　주인공의 목표는 동아시아의 평화이다. 이를 위한 구체적 방안으로 주인공은 동아시아 연합 즉, EAU 창설을 추구한다.

⑥ 여섯째, 이 소설은 글로벌 소설이다.

이 소설의 주 무대는 한중일을 주축으로 한 동아시아 전체다.

⑦ 일곱째, 이 소설은 과학 지향 소설이다.

이 소설에서는 논리, 과학, 철학을 이야기 속에 녹여 낸다.

⑧ 여덟째, 이 소설(시즌 1)은 로맨스 소설이다.

이 소설은 특별히 남녀 주인공의 로맨스를 다룬다.

⑨ 아홉째, 이 소설은 (약한 레벨의) 영웅전이다.

이 소설은 핵전쟁의 위협으로부터 인류를 지키려고 분투하는 여러 인물의 영웅적 활동을 그려 낸다.

⑩ 열째, 이 소설은 묘사가 아니라 서사로 승부한다.

따라서 문장은 건조체/간결체/논문체를 사용한다.

⑪ 열한째. 이 소설의 분위기는 밝고 당당하다.

첫째, 이 소설에는 찌질이가 나오지 않는다. 심지어 빌런도 멋있다.

둘째, 이 소설에는 소위 고구마가 없다. 즉, 답답한 부분이 거의 없다. 주인공은 물론 빌런도 당당하고 지혜롭고 낙관적이다.

셋째, 이 소설에는 작품을 관통하는 확고한 중심 철학이 있다.

주) 중심 철학

이 소설을 관통하는 중심 철학(기본 지침)은 다음과 같다. 첫째, 동아시아의 평화는 **동아시아인들 스스로 지켜야** 한다. 둘째, 어떤 수단과 방법을 써서라도 **한중일의 갈등으로 핵전쟁이 일어나는 참사**는 막아야 한다. 셋째, 이 절체절명의 목표를 위해 한중일 **3국은 마음을 열어야 하며** 자국만의 이익을 위한 어떤 지엽적 행동도 자제해야 한다.

3. 새로운 소설 장르

끝없이 새로운 장르를 실험하는 나라
이것이 필자가 생각하는 선진국이다.

오늘날의 스토리 시장은 크게 다섯 영역으로 분할되어 있다. 그것은 순문(순수 문학) 소설, 웹 소설, 웹툰, 드라마, 영화 등이다. 필자는 여섯 번째 시장의 등장이 머지않았다고 생각한다. 그것은 소위 '인소(인공지능 소설)' 시장이다. 인소란 인공지능이 쓰는 소설을 의미한다.

필자는 감히 예측하건대, (일단 인소가 활성화될 경우) 그 영향력은 나머지 다섯 시장을 압도할 것이라고 단언한다. 그 이유는 인소가 갖는 세 가지 강점 때문이다. 첫째, 인소는 생산량의 측면에서 엄청난 우위에 있다. 둘째, 인소는 빅 데이터 분석을 통해서 독자의 요구를 정확하게 반영한다. 셋째, 인소는 완벽한 자기 검증 도구를 갖추고 있다. 인소 프로그램의 초기 버전은 크게 세 가지 루틴으로 구성될 것이다.

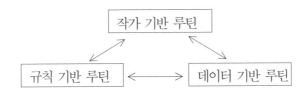

그림 1. 인소 프로그램 구조

인소 프로그램은 대략 3단계로 작동될 것이다. 첫째, 작가 기반 루틴에서 아이디어를 제공한다. 둘째, 규칙 기반 루틴에서 기본 뼈대를 구축한다. 셋째, 데이터 기반 루틴에서 살을 붙인다. 처음에는 세 가지 루틴의 비중이 비슷할 것이지만, 시간이 흐를수록 데이터 기반 루틴의 비중이 커질 것이다(즉, 시간이 흐를수록 인간의 참여 비중은 점점 줄어들 것이다). 인소 작품의 데이터 규모가 커질 것이기 때문이다.

인공지능이 갖는 구조적 한계로 인해서 (최소한 초기 버전에서는) 인소 작품들이 대략 다음과 같은 특징을 보일 것으로 예측된다.

[특징 01] 문장이 짧고 간결하다.

[특징 02] 기승전결이 명료하다.

[특징 03] 등장인물은 소수이다.

[특징 04] 분위기가 밝고 가볍다.

[특징 05] 흐름이 빠르게 전개된다.

[특징 06] 대사(대화체)가 주를 이룬다.

[특징 07] 사랑 이야기가 상대적으로 많다.

[특징 08] 지문(대사를 뺀 문장)은 규격화된다.

[특징 09] 중장 편의 경우는 시트콤 형식을 따른다.

[특징 10] 묘사의 미학은 포기한다(스토리로 승부한다).

딥 러닝 기법이 소개된 이후 인공지능의 발전 속도는 정말 상상을 불허한다. 해서, 현재까지 개발된 기술만으로도 인력을 상당 부분 대체시킬수 있다. AI 실용화가 더딘 진짜 이유는 기술적인 문제가 아니다. 그보다는 정치적인 문제와 법적인 문제라고 봐야 한다. 즉, 진입 장벽이 너무 높은 것이 문제이다. 다른 말로 기득권의 반발이 크다는 거다.

유난히 바둑에서만 인공지능이 강한 게 아니다. 산업 분야는 말할 것도 없고, 의료, 법률, 금융, 교육 등 다양한 분야에서 인공지능의 능력은 이미 사람을 압도한다. 알파고가 가장 먼저 두각을 나타낸 이유는 그나마 바둑에서는 진입 장벽이 상대적으로 높지 않기 때문이다.

필자가 미래의 스토리 시장에서 인소(인공지능 소설)가 여섯 번째 시장을 열게 될 거로 예측한 이유도 그래서다. 즉, 순문 소설, 웹 소설, 웹툰, 드라마, 영화 등 기존 시장에서는 기득권이 인소의 진입을 (무슨 트집을 잡아서든) 막을 것이기 때문이다. 당연한 것이, 법률, 의료, 금융 등 다른 분야처럼, 그들의 밥줄이 걸려 있기 때문이다.

주) 인소 스타일

이 소설(삼색 진주)은 동아시아 국가들 특히 한중일을 정치적, 경제적, 문화적, 이념적, 감성적으로 연결하고 통합하는 이야기다. 즉, 소설의 대상이 한중일을 중심으로 미국과 대만 그리고 러시아까지 포괄한다. 한마디로 주제가 광범위하고 조사해야 할 자료가 문자 그대로 'Big'이다. 이 문제를 해결하는 한 가지 방안은 AI의 도움을 받는 것이다. 일테면, AI가 집필 과정에 참여할 수도 있을 거다. 이 소설은 특별히 인소 장르를 염두에 두고 쓴 소설이다. 이 소설을 인소 장르의 사례로 볼 수는 없다. 하지만 '인소 스타일'이라고 말할 수는 있다.

4. 에피소드의 유형

소설의 한 가지 정의는 '에피소드 연결망' 이다. 에피소드들은 유형이 있을 수 있으며 이 유형 간에 균형과 조화를 맞춰 줘야 한다. 이 점에서는 시트콤도 예외가 아니다. 아니, 시트콤에서는 더 중요할 수도 있다.

필자는 소설을 구성하는 각각의 에피소드를 배경파트 1, 배경파트 2, 사건파트 등 크게 세 가지 유형으로 나눈다. 첫째, 배경파트 1에서는 주요 캐릭터들의 외적 배경 즉, 환경, 스펙, 경력 등을 다룬다. 둘째, 배경파트 2에서는 주요 캐릭터들의 내적 배경 즉, 꿈, 계획, 의도 등을 다룬다. 셋째, 사건파트에서는 실제로 일어나는 사건들을 다룬다.

모든 소설은 이 셋이 균형과 조화를 이루어야 한다. 즉, 한쪽에 치우치면 안 된다. 첫째, 배경파트 1이 너무 많으면 독자들이 지루해진다. 둘째, 배경파트 2가 너무 많으면 독자들이 골치 아파한다. 셋째, 사건파트가 지나치게 많으면 독자들이 지친다. 당연한 얘기지만, 소설 속의 사건은 맥락(즉, 배경 1과 배경 2)을 통해서 이해될 때만 공감도 되고 재미도 있는 법이다. 필자가 설정한 표준 비율은 다음과 같다.

배경 1 : 배경 2 : 사건 = 1.5 : 1.5 : 7

물론 이 비율이 절대적인 것은 아니다. 각각의 비중은 소설의 성격에 따라 달라야 한다. 예를 들어, 뭔가 독창적이고 생소한 세계관을 사용하는 소설이라면 관련 배경 설명이 길어질 수밖에 없을 거다. 장편과 단편도 마찬가지다. 호흡이 상대적으로 긴 장편에서는 주인공 등 등장인물이

나 시대적 배경에 대한 설명의 비중이 좀 더 커질 수밖에 없다.

이 세 가지 파트가 적절히 조화를 이루고 있는 드라마가 바로 〈왕좌의 게임〉이다. 이 드라마에는 정치, 군사, 역사적 배경을 설명하는 에피소드(배경 1)와 수준 높은 철학적 토론을 다루는 에피소드(배경 2)와 전쟁과 살상 등 사건을 다루는 에피소드들이 조화롭게 배치되어 있다.

왕좌의 게임에서는 상식을 뛰어넘는 배신과 음모, 끔찍하고 잔인한 폭력, 포르노에 가까운 선정성이 자주 등장한다. 이런 배치 뒤에는 저자의 계산된 의도가 숨어 있다는 생각이 든다. 이 드라마의 배경에는 상당히 복잡한 세계관과 고차원적 화두가 깔려 있다. 즉, 시청자에게 공부를 강요하는 측면이 분명히 있다. 지레 겁을 먹고 떠나려는 시청자도 적지 않을 거다. 해서 이들을 잡아 두기 위한 장치로서 자극적인 장면들이 필요하다는 얘기다. 어떤 방법을 쓰든 시청이 길어지면, 이해력이 부족한 시청자들도 복잡한 세계관이나 고차원적 화두에 조금씩 익숙해지게 마련이다. 일단 그 단계가 넘어가면 떠나라고 해도 사람들은 떠나지 않을 거다. 왜? 재밌거든.

주) 시트콤 형식

시트콤 소설은 전체적 관점의 기승전결이 없거나 약하다. 원래 사랑의 본질은 'Random'이다. 계획과 절차에 따라서 체계적으로 하는 사랑은 사랑이 아니라 사업으로 봐야 한다. 그런 점에서, 로맨스를 다룬 소설은 시트콤 형식이 어울린다고 생각한다. 남녀 주인공의 로맨스를 다룬 이 책(시즌 1)이 시트콤 형식(혹은 시트콤과 유사한 형식)을 채택한 이유이다.

5. 여성상

언제 어떤 시대나 사람들은 삶의 지표로 삼을 수 있는 인간상을 찾기 마련이다. 구체적으로는 Role Model(RM), Ideal Model(IM), Fantasy Model(FM) 등 세 가지가 있다. 물론 구체적 의미는 성별에 따라 다를 수 있다. 이 책에서 다루고자 하는 대상은 여성이다.

첫째, RM은 여성들이 현실적으로 삶의 지표로 삶는 여성상이다. 둘째, IM은 (도달은 못 해도) 그를 향해 나아갈 수 있는 별 같은 여성상이다. 셋째, FM은 단지 공상 속에서나 존재하는 현실도피형 여성상이다.

소설 토지의 '서희'를 RM으로 볼 수 있고, 왕자와 결혼하는 '신데렐라'는 FM으로 볼 수 있다. IM에 딱 맞는 사례는 찾기 어려운데, 영화 〈이상한 나라의 엘리스(모자 장수)〉의 '엘리스' 정도 아닐까 생각한다.

사실, 이들 셋은 과거의 여성상이다. 21세기 현시대에 맞는 여성상으로는 적절치 않은 점이 있다. 필자는 이 소설에서 특별히 '캐시'라는 이름의 신여성을 소개하고 있다. 이 소설의 주인공인 캐시는 미모와 용기와 능력을 갖춘 매력적인 여성이다. 캐시는 특히 친화력이 뛰어나서 화려한 인맥을 자랑한다. 캐시는 다양한 지지자들의 후원 아래 모험적이고 도전적인 삶의 목표(동아시아 연합 창립)를 추구해 간다.

분명히 말하지만, 캐시는 신데렐라가 아니다. 현모양처와도 거리가 멀다. 대의를 위해 희생하는 스타일도 아니다. 캐시는 IM으로 제시된 모델이다. 캐시에 대한 더 이상의 설명은 필요 없어 보인다. 여기까지 읽은 독자라면 캐시가 어떤 여성인지 이미 알고 있을 것이기 때문이다.

6. 작품 평가

소설의 경우, 어떤 기준을 사용하는가에 따라 작품 평가 방법은 얼마든지 달라질 수 있다. 가장 객관적인 기준이라면 역시 독자 수일 거다. 평론가의 평가도 중요하지만 결국은 독자들의 호응이 문제가 된다.

필자는 작품을 크게 A급, B급, C급 등 세 가지 등급으로 나눈다. 가장 낮은 급인 C급은 저자(혹은 독자 서너 명)만을 위한 작품이다. 즉, 그 작품을 좋아하는 사람이 저자 하나거나 극소수인 경우이다. 여기서, C급은 다시 C0급, C1급, C2급, C3급 등 네 등급으로 세분된다.

우선 C1은 저자(혹은 극소수)가 '괜찮다' 고 평가하는 작품이다. 다음, C2는 저자가 '명작' 이라고 평가하는 작품이다. 다음, C3은 저자가 '명작 중의 명작' 이라고 평가하는 최고의 작품이다. 마지막으로 출간은 했지만, C1에도 못 미치는 작품이 C0이다. C급은 극소수를 위한 책이므로 소설로서 무가치하다고 말할지 모르지만, 필자의 생각은 다르다. 예를 들어, 단 한 명을 감동시키는 작품이라도 존재 가치는 충분하다.

같은 식으로 B급과 A급을 각각 4단계로 세분할 수 있다. 여기서 B급은 소위 마니아용 작품이고 A급은 일반 대중용 작품이다. A급의 대중을 전 세계로 확장해 볼 수 있다. 이 경지에 이른 작품을 '특A급' 으로 분류한다. 특A급은 세분되지 않는다. 특A급은 그런 분류가 무의미하다.

주) 고전과 특A급

우리가 고전이라고 부르는 해외 소설은 반드시 특A급이다. 즉, 특A급이란 대부분의 나라에서 고전으로 분류되는 소설이다.

7. 필력과 콘텐츠

우리는 평생 배우고 생각하고 체험한다. 이런 과정에서 얻어지는 소위 **상품성이 있는 지적 자산**을 '콘텐츠'라고 부른다. 몸을 쓰지 않는 인생 승부는 결국 콘텐츠 게임으로 귀결된다. 구체적으로 모든 승부는 제품 간의 대결로 가시화되는데, 여기서 제품은 콘텐츠와 표현 기술(혹은 구현 기술)의 결합으로 만들어진다. 만화를 생각하면 쉽다. 만화는 그림과 내용으로 구성되는데, 전자가 표현 기술이고 후자가 콘텐츠이다. 둘 중 콘텐츠의 비중이 더 크다. 예를 들어, 디즈니 영화를 보면 스토리는 미국에서 짜고 그림은 후진국에 하청을 준다.

하여 가장 중요한 일은 좋은 콘텐츠를 갖는 일이다. 콘텐츠만 좋으면 어떤 분야에서도 성공할 수 있다. 일테면, 좋은 콘텐츠를 음으로 표현하면 명곡이 된다. 또 선과 색으로 표현하면 명화가 된다. 또 글로 표현하면 명작이 된다. 또 디자인으로 표현하면 명품이 된다. 좀 과격하게 말하자면, 시, 소설, 음악, 그림은 그냥 수단에 불과하다. 콘텐츠를 구현하거나 표현하기 위한 미디어 즉, 매체에 다름 아닌 거다.

예를 들어, 레오나르도 다빈치는 역사상 최고의 콘텐츠를 갖춘 인물로 평가된다. 그는 자신이 가진 콘텐츠를 다양한 미디어를 통해서 표출하였는데, 그중에는 그림, 과학, 수학, 건축, 조각 등이 포함된다.

물론 분야에 따라 표현 기술이 갖는 상대적 비중은 다를 수 있다. 예를 들어, 문학 장르에서는 소위 '필력'이 표현 기술에 해당하는데, 상대적으로 소설보다는 시에서 필력의 비중이 크다. 특히 서정시에서는 (콘텐츠보다는) 필력에서 승부가 결정된다고 할 수 있다. 반면, 소설(특히 중

편이나 장편)에서는 필력보다는 콘텐츠에서 승부가 갈린다.

모든 소설은 콘텐츠로 승부하거나 필력으로 승부한다(둘 다 갖춘 소설은 드물다). 자타가 인정하는 소설 X가 있다고 하자. X가 콘텐츠로 승부하는 소설인지 필력으로 승부하는 소설인지를 알아보는 쉬운 방법이 있다. X를 읽고 나서 친구에게 X에 관해서 이야기해보라. 만일 친구가 재미있어 하거나 고개를 끄덕인다면 X는 콘텐츠로 승부하는 소설이다. 그게 아니라면 즉, 친구의 반응이 시큰둥하다면 X는 필력으로 승부하는 소설이다. 알퐁스 도데의 『별』은 필력으로 승부하는 소설이고 오 헨리의 『마지막 잎새』는 콘텐츠로 승부하는 소설이다. 상대적으로 순문 소설 쪽은 필력으로 승부하는 소설이 많고, 웹 소설 쪽은 콘텐츠로 승부하는 소설이 많다(웹 쪽 콘텐츠가 우수하다는 뜻은 아니다).

상업성으로 국한해서 보자면 콘텐츠로 승부하는 쪽이 단연 유리하다. 일테면, 필력으로 승부하는 소설은 만화나 드라마나 영화로 만들기가 정말 어렵다. 한마디로 상업성이 떨어진다는 뜻이다. 돈과 명예를 동시에 얻고 싶다면, 어렵겠지만, 필력과 콘텐츠 둘 다 갖춰야 한다.

주) 경험 자산

콘텐츠의 핵심은 경험이다. 중동에는 석유 자산이 있고 한국에는 경험 자산이 있다. 중국, 일본, 동남아 국가들이 한국의 한류를 이길 수 없는 이유는 간단하다. 한국이 가진 고품질의 경험 자산이 그들에겐 없어서다. 예를 들어, 임진왜란, 병자호란, 국권 피탈, 3·1 운동, 4·19 혁명, 6·25 전쟁, 5·16 혁명, 유신, IMF, 금 모으기 운동, 산업화, 민주화, 세계화 등 질 좋은 경험 자산이 중동, 남미, 동남아에 있는가?

8. 파격성과 모호성과 난이도

첫째, 파격성은 적정치 유지가 중요하다. 즉, 커도 작아도 문제가 된다. 망하는 예술의 대부분이 파격의 적정치 유지에 실패한 세 요인이다. 해서 말인데, 소변기를 최고의 작품이라고 우겨대는(?) 현대미술의 장래가 조금은 염려스럽다. 너무 나갔다는 생각이 들기 때문이다.

영화 〈매트릭스〉는 짜임새 있는 스토리에 화려한 볼거리와 철학적 화두를 결합한 금세기 최고의 명작 중 하나이다. 이 영화의 매력 포인트는 메시아 역할을 맡은 네오라는 인물이다. 이 매력 만점의 주인공을 통해서 보여주는 **파격의 적정성**은 이 영화가 대박을 친 핵심 요인이다.

그런데 이후에 등장하는 매트릭스의 후속 버전들은 예외 없이 망하거나 폭망했다. 이유는 간단하다. 주인공 네오를 재설정하는 과정에서 파격의 적정성을 여지없이 훼손시켜 버렸기 때문이다. 즉, 나가도 너무 나갔다.

영화 〈터미네이터〉도 마찬가지다. 버전 1에서는 파격의 정도가 약간 부족한 감이 있었는데, 버전 2에서는 이 점이 보완되었다. 결과적으로 버전 2에서 최고의 성공을 거두었다. 그러나 이후 버전에서는 파격의 적정성을 너무 쉽게 파괴해 버렸다. 역시 너무 나갔고 그 결과는 참담했다.

작가들이 빠지기 쉬운 착각이 있다. 사람들이 참신/혁신/파격을 환영할 거라는 생각 말이다. 작가들이 독창성(Unique)에 집착하는 이유가 그래서다. 그런 자세가 나쁜 건 아니지만, 알고는 있어야 한다. 평론가의 칭찬은 몰라도 대중들의 갈채를 받을 가능성은 희박하다는 사실 말이다.

인도 영화는 남자가 주인공이고, 음악과 춤이 중요하며, 해피 엔드로 끝난다. 어떤 감독이 여자가 주인공이고, 음악과 춤이 나오지 않고, 해피 엔드가 아닌 영화를 만들었다고 하자(영화제에서 상을 받았다고 하자). 평론가들은 이 영화가 참신하고/혁신적이고/파격적인 영화라고 할 거다. 근데 이 영화가 인도에서 돈을 벌까? NO! 그럴 가능성 거의 없다. 생각해 보라. 사람들은 막장 드라마를 욕하면서도 집에 가서는 막장 드라마를 본다. 왜? 익숙한 게 좋거든. 그게 인간의 본성이니까.

오해하면 안 된다. 그런 영화를 만든 게 잘못이라는 얘기는 절대로 아니다. 누군가는 그런 영화를 만들어야 한다. 그래야 인도 영화도 한 단계 진화할 것이고, 세계 시장에서의 입지도 넓어질 것이기 때문이다.

둘째, 모호성 문제도 파격성과 동일하다. 파격성과 마찬가지로, 모호성도 적정해야 한다. 즉, 모호성이 모자라면 지루하고, 지나치면 짜증 난다. 특히 적정 모호성에 대해서는 case-by-case인 점이 있다. 예를 들어, 서정시는 모호성이 작은 게 정상이고 주지시는 모호성이 큰 게 정상이다.

셋째, 난이도는 적정해야 한다기보다는 낮아야 한다. 아니 무조건 낮아야 한다. 특히 임계치를 넘으면 절대로 안 된다. 왜냐하면 난이도가 너무 클 경우 사람들은 아예 책을 덮을 것이기 때문이다. 참고로, 문학에서와는 달리, 수학과 과학에서는, 물론 일부러 난이도를 높이면 안 되지만, 난이도 자체가 문제 되지는 않는다. 어렵다는 이유로, 양자역학 교과서가 쓰레기통에 던져지는 일은 없다. 수학책과 과학책은, 내용이 아무리 어려워도, 사람들이 읽는다. 최소한 읽으려고 노력한다(이 점 소설과는 다르다).

9. 소설의 유형

1) 소설의 레벨

작품이 갖는 시선을 기준으로 소설을 세 가지 유형으로 나눌 수 있다. 첫째, 시선이 정면을 향하면 '사람이 살아가는 이야기' 가 된다. 둘째, 시선이 약간 높아지면 '생명이 살아가는 이야기' 가 된다. 셋째, 시선이 아주 높아지면 '우주가 작동되는 이야기' 된다. 편의상 이 셋을 각각 인간레벨(레벨 1), 생명레벨(레벨 2), 우주레벨(레벨 3)이라고 부른다.

우리가 접하는 작품의 대부분이 레벨 1 즉, 인간레벨에 속한다. 레벨 1에 속한 작품을 쓰기 위한 자격 같은 건 없다. 우리 모두 레벨 1 환경에서 살아가기 때문이다. 레벨 2 즉, 생명레벨의 작품은 흔치 않다. 생명레벨의 작품을 쓰려면 생명 활동 전반에 관한 공부와 관찰이 필요하기 때문이다. 레벨 3 즉, 우주레벨의 작품은 소수의 천재만이 쓸 수 있다. 우주의 원리와 이치를 이해해야만 쓸 수 있기 때문이다.

2) 소설의 스텝

일어날 가능성의 측면에서 소설을 크게 세 가지 유형으로 나눌 수 있다. 첫째는 일어날 수 있는 이야기이다. 이것을 '리얼(Real) 소설' 이라고 부른다. 둘째는 일어나기 힘든 이야기이다. 이것을 'H-리얼(Hyper Real) 소설' 이라고 부른다. 셋째는 일어날 수 없는 이야기이다. 이것을 '판타지(Fantasy) 소설' 이라고 부른다. 편의상 이 세 가지 유형을 '스텝 1, 스텝 2. 스텝 3' 으로 분류한다.

실제로 판타지라고 해도 그 안에 리얼 요소가 전혀 없지는 않다. 이

점을 고려해서, 판타지 즉, 스텝 3을 다시 셋으로 세분화할 수 있다. 첫째, 판타지 요소는 적고 리얼이 대부분인 판타지가 스텝 3.1이다. 둘째, 리얼과 판타지의 비율이 반반인 판타지가 스텝 3.2이다. 셋째, 리얼 요소는 적고 판타지가 대부분인 판타지가 스텝 3.3이다.

3) 유형의 좌표 표현

상기에서 정의한 레벨(level)과 스텝(step)을 이용해서 소설의 유형을 2차원 직각좌표로 다음과 같이 표현할 수 있다.

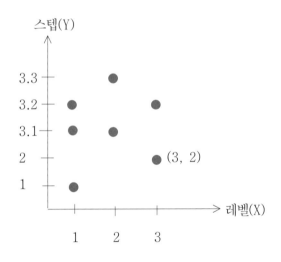

[그림 2] 소설의 유형

세상에 존재하는 대부분의 소설은 (1, 1)에 속한다. 즉, 우리가 만나는 대부분의 소설은 사람 사는 이야기이고, 일어날 수 있는 이야기이다.

웹 소설에 등장하는 판타지는 (2, 3.3)에 속한다. 즉, 사람과 신과 영웅과 괴물과 마법을 사용하는 마법사 등 다양한 생명들이 등장하며 이야기 자체는 현실과는 너무 동떨어진 허무맹랑한 이야기이다.

전통적인 무협지는 (1, 3.1)에 속했다. 즉, 사람 사는 이야기를 다루지만 약간의 판타지 요소가 들어간다. 신비한 무술이나 기이한 생명체 말이다. 한데, 요즘 나오는 무협지는 (1, 3.2)에 가깝다. 담이나 지붕 사이를 건너뛰는 수준을 넘어서 비행기처럼 하늘을 날기 때문이다.

필자가 특히 좋아하는 작품은 (2, 3.1)이다. 즉, 생명 사는 이야기를 다루지만, 판타지 요소는 비교적 적게 포함되는 작품 말이다. 대표적인 사례로는 '토토로, 센과 치히로의 행방불명, 원령공주' 등 미야자키의 작품들을 들 수 있다. 미야자키 작품의 매력은 판타지 요소가 들어있음에도 불구하고 현실처럼/진짜처럼/실제처럼 느껴진다는 점이다.

우주 레벨의 작품 즉, (3, X)는 매우 드물다. 혹자는 '반지의 제왕, 아바타, 스타워즈' 등을 제시할지 모르지만 완벽한 사례는 아니지 싶다. 필자가 기다리는 소설이 있다. 바로 (3, 2)에 속하는 소설이다. 즉, 과학적 근거를 갖는 우주 레벨의 소설이다. 칼 세이건의 '코스모스'를 소설로 바꿀 수 있다면 이런 소설이 될 거라는 생각이 든다.

필자의 소설 '삼색 진주'는 대략 (1, 2)에 속한다고 볼 수 있다. 일단 판타지 요소는 거의 없다. 즉, 기본적으로 사람 사는 이야기지만 현실적으로 일어날 가능성은 매우 적은 에피소드를 다룬다.

10. 실험성

새로운 레시피를 창안하고 그 레시피로 음식을 만들어서 내놓는 셰프를 '실험적 셰프'라고 부른다. 같은 식으로 새로운 (작품) 영역을 개척해서 전례 없는 신 작품을 소개하는 작가를 '실험적 작가'라고 부른다. 그리고 이렇게 나온 작품을 '실험적 작품'이라고 부른다.

실험적 작품에 대한 세간의 평가는 '모 아니면 도'이다. 실제로는 대부분이 '도'로 귀결된다. 이유는 간단하다. 안정된 사회를 전제할 때, 사람들 대부분은 보수적 성향을 갖기 때문이다. 즉, 사람들은 낯선 사물이나 급격한 변화에 대해서 본능적으로 거부감을 보인다.

그렇다고 사람들이 전적으로 보수적이기만 한 것은 아니다. 사람들은 개혁과 개선과 혁신을 바라는 욕구도 동시에 갖고 있다. 다만, 상대적으로 안정과 안전에 대한 욕구가 변화에 대한 욕구보다 강한 것뿐이다.

이런 이유로, 사람들은 한 발짝 떨어져서 (세상에 소개된) 실험적 작품 X를 냉정하게 지켜본다. 그러다가 작품 X의 안전성과 효율성이 충분히 검증되었다고 여겨지면 많은 사람이 일시에 X를 받아들인다. 실험적 작품에 대한 평가가 '모 아니면 도'인 이유가 바로, 이 때문이다. 분명한 건, 모로 평가받는 행운아는 지극히 적다는 점이다(잘 아시겠지만, 우리가 사는 세상은 그리 쉽게 바뀌지 않는다).

해서 실험적 작품 X를 세상에 내놓는 작가에게 주어지는 네 가지 의무가 있다. 첫째, X에 대한 설득력 있는 증명(이론적 증명)을 제시해야 한다. 둘째, X의 구체적 사례에 해당하는 작품들을 꾸준히 제작해서 내놓아야한다. 셋째, 상당 기간 X가 '도'로 평가되는 사회적 냉대를 묵묵히 견뎌

내야 한다. 넷째, 나름대로 최선을 다했음에도 세간의 평가가 개선될 기미를 보이지 않으면 아깝지만, X를 포기해야 한다(미친 짓도 10년 하면 알아준다는 말이 있다. 10년은 몰라도, 최소 3년은 버텨 봐야 한다).

동양이 왜 서양에 밀렸는가? 한마디로 장르 디자이너(실험적 작가도 장르 디자이너에 속한다)가 적어서다. 아니, 적은 게 아니라 거의 없다고 보아야 한다. 그 증거로 현재 우리가 사용하고 있는 장르를 보라. 자동차, 비행기, 전등, TV, 스마트 폰, 교육 시스템, 의료 시스템, 정치 및 행정 시스템까지 대부분 서양에서 만든 장르들이다. 음악, 미술, 문학 등 예술에서도 서양 예술의 지평이 상대적으로 훨씬 넓다. 이걸 알아야 한다. 지금은 이런 장르들이 익숙해 보이지만, 처음 이 장르를 제안한 사람들은 대부분 사회적 모멸과 냉대에 직면했었다는 사실 말이다.

주) 실험 요소

이 소설 '삼색 진주' 는 네 가지 점에서 실험적이다. 첫째, 이 소설은 인소(인공지능 소설) 스타일이다. 둘째, 이 소설은 소설의 무대가 굉장히 넓다(동아시아 전체를 포괄한다). 셋째, 이 소설에는 높은 수준의 '철학, 과학, 논리' 지식이 녹아 있다. 넷째, 이 소설은 궁극의 문장 형태미를 보여 준다. 즉, 글의 형태에 '절제, 절도, 직선' 의 미학이 구현되어 있다. 이상의 특징들은 기존 소설에서는 시도된 적이 없거나 거의 없는 이 소설만의 특성이다. 오해하면 안 된다. 실험성이 대중성을 의미하지는 않는다. 오히려 그 반대인 경우가 더 많다.

11. NSG

필자는 다음과 같은 5가지 유형의 문장을 '스마트 문'이라고 부른다.

명문(名文) : 훌륭한 문장
미문(美文) : 아름다운 문장
난문(難文) : 난해한 문장
기문(奇文) : 기묘한 문장
재문(才文) : 재치 있는 문장

일테면, "신은 죽었다."는 명문이고, "그대 한 송이 꽃이여!"는 미문이고, "나는 나의 과거를 먹었다."는 난문이고, "재미가 1도 없다."는 기문이다. "우리가 돈이 없지, 가오가 없냐."는 재문이다. 서정시는 미문으로 넘쳐나고, 평론가의 글은 난문으로 넘쳐나며, 자기 계발서는 명문으로 넘쳐난다. 기문과 재문은 특히 예능 프로에 많이 등장한다.

필자는 스마트 문을 'NSG(Novel MSG)'라고도 부른다. 한마디로 소설에 치는 조미료라는 뜻이다. 당연한 얘기지만, 대부분의 음식은 MSG를 치면 맛있다. 마찬가지로 대부분의 소설은 NSG를 치면 재미있다.

MSG가 좋기는 하지만 너무 많이 치면 역효과가 난다. 음식 고유의 맛이 약해지거나 사라지기 때문이다. MSG 맛에 치여서 말이다. 마찬가지로 NSG를 너무 많이 치면 소설에서도 역효과가 날 수 있다. 그 때문에 소설의 흐름이 끊길 수도 있고 주제가 약해질 수도 있다. NSG에 관해서는 셰익스피어와 헤밍웨이 그리고 한국의 김은숙이 달인의 경지를 보여 준다.

12. 소설의 미학

좋은 소설에는 세 가지 미학(아름다움)이 존재한다. 바로 묘사의 미학(묘사미), 형태의 미학(형태미) 그리고 서사의 미학(서사미)이다. 서사의 미학은 다시 '글로벌'과 '디테일'로 나뉜다. 전자는 큰 스케일의 감동과 재미를 주고 후자는 작은 스케일의 감동과 재미를 준다(김수현 작가는 디테일이 강하다). 양자 간에는 균형과 조화가 필요하다. 즉, 디테일이 너무 세면 글로벌이 빛을 잃는다(지방 방송과 중앙 방송의 관계와 같다).

사실, 이 세 가지 미학은 서로 충돌하는 점이 있어서 동시에 추구하기는 현실적으로 어렵다. 일테면, 문장의 미학을 추구하다 보면 문장의 간결성을 잃기 쉬워서 형태의 미학을 추구하기가 어려워진다. 반대로, 형태의 미학을 추구하다 보면 문장 길이의 제한 때문에 문장에 치장을 입히기가 어려워진다. 또한 형태와 문장의 미학에 연연하다 보면 이야기의 흐름이 끊기거나 느려져서 서사의 미학이 훼손받을 수 있다.

결국 세 가지 아름다움을 동시에 추구하긴 어렵고, 셋 중 하나를 선택해서 집중하는 게 현실적이다. 첫째, 서사미 지향 소설에서는 간결체 문장이 바람직하다. 이 경우 묘사의 미학은 기대하기 어렵다. 둘째, 묘사미 지향 소설에서는 문장 하나하나가 중요하다. 해서 전술한 스마트 문(명문, 미문, 난문, 기문, 재문)을 적절히 활용해야 한다. 셋째, 형태미 지향 소설에서는 문장의 시각적(혹은 운율적) 리듬을 살리는 게 중요하다.

주) 주안점
필자의 소설에서는 서사미와 형태미를 추구한다.

13. 재미

 음식은 일단 맛이 있어야 한다. 값도 중요하고 모양과 영양도 중요하지만, 맛이 먼저다. 맛이 없으면 사람들이 먹지 않을 것이고, 사람들이 먹지 않으면 더 이상 음식이 아닌 거다. 마찬가지로 소설도 일단 재미있어야 한다. 시대정신과 예술성과 부조리에 대한 고발도 중요하지만, 재미가 먼저다. 재미없으면 사람들이 읽지 않을 것이고, 사람들이 읽지 않으면 더 이상 소설이 아니다. 아니, 더 이상 책이 아닌 거다.

 그렇다면 재미란 무엇인가. 구체적으로 무엇이 재미있는가? 첫째, 복수는 재미있다. (당한 게) 억울하면 억울할수록 더 재미있다. 둘째, 폭력은 재미있다. 폭력은 인간 내면의 원초적 욕망이기 때문이다. 컴퓨터 게임장에 가 보시라. 대부분이 누군가를 죽이거나 폭행하고 있다.

 셋째, 성(Sex)과 관련된 얘기는 재미있다. 그런데 이 부분은 남녀가 다른 양상을 보인다. 일테면, 남자는 포르노 지향적이지만, 여자는 로맨스 지향적이다. 넷째, 볼거리는 재미있다. 영화만큼은 아니지만 소설에서도 화려한 글재간으로 볼거리를 제공해 줄 수 있다. 다섯째, 힘을 속이는 일이 재미있다. 드라마 〈동이〉에서 동이는 신분을 속인 왕에게 함부로 대한다. 영화 〈킹스맨〉에서 양아치들이 조직 고수에게 까불다가 줘 터진다. 왕이나 조직 고수에게 감정 이입한 시청자는 재미를 느낀다.

 여섯째, 약자를 괴롭히는(혹은 나쁜 짓을 하는) 악당을 응징하는 영웅의 활약은 재미있다. 악당이 강할수록 더 재미있다. 하는 짓이 더 악할수록 더 재미있다. 단, 처음에는 악당이 이겨야 재미가 배가 된다.

 일곱째, 모든 위기 극복 과정은 재미있다. 속된 말로 찌질이가 성공해서 자신을 멸시하던 사람들 앞에 '짠' 하고 나타나는 이야기는 재미있다. 그 과정에서 기연과 노력이 수반되면 더 재미있다. 여덟째, 서로 열나게 싸우던 남녀가 어떤 계기로 갑자기 사랑하는 관계로 바뀌는 얘기는 재미있다. 단, 이 경우 싸움이 품격이 너무 저질이면 안 된다.

아홉째, 전술한 스마트 문(명문, 미문, 난문, 기문, 재문)은 당연히 재미있다. 열째, 떡밥(즉, 복선)을 뿌려 놓고 회수하는 과정은 재미있다. 가볍게 보이는 복선이 무거운 의미로 드러나면 더 효과적이다. 열한째, 어려운 문제를 푸는 과정 즉, 수수께끼는 재미있다. 이 경우 답을 찾아낼 때의 쾌감이 있다. 단, 수수께끼의 복잡도와 난이도가 적정해야 한다.

열둘째, 적절한 파격은 재미있다. 일테면, 반복되는 일상을 깨는 적절한 파격은 해방감을 준다. 낡고 오래된 관습이나 문화의 구속에 도전하는 파격은 그 자체로 짜릿하다. 신선한 것은 재미있는데, 신선함 그 자체가 파격의 속성을 갖기 때문이다. 단, 파격이 지나치면 안 된다. 인간은 자유에 대한 욕구와 함께 안정에 대한 욕구도 갖고 있기 때문이다.

열셋째, 반전은 재미있다. 놀라움이 클수록 더 재미있다. 단, 반전에도 넘으면 안 되는 선이 있다. 예를 들어, "알고 보니 이 모든 게 꿈이었다."라는 식의 반전은 선을 넘은 것이다(그런 드라마가 실제로 있었다). 열넷째, 진한 감동을 주는 이야기는 재미있다. 대의를 위해, 자식을 위해, 사랑하는 사람을 위해 자신을 희생하는 이야기는 감동을 준다. 미국 영화에는 지구를 살리기 위해 희생하는 미국인의 이야기가 자주 나온다.

열다섯째, 옛날에 안타깝게 헤어진 부모나 친구나 연인을 우연한 계기로 만나는 이야기는 재미있다. 열여섯째, 역설 즉, 패러독스는 재미있다. 내가 사랑하는 여인이 철천지원수의 딸이더라는 식의 이야기 말이다. 열일곱째, 높고 거대하고 장엄한 건 그 자체로 재미있다. 나이아가라, 피라미드, 만리장성은 그 엄청난 규모 때문에 재미있다. 마동석, 토르, 헐크, 고질라로 상징되는 마블 시리즈도 이 경우의 재미에 속한다. 막장 드라마에 연예인, 검사, 의사, 장군, 재벌 손자가 나오는 이유도 같다.

열여덟째, 궁금증을 유발하면 재미있다. 공룡, 외계인 등 신기한 사물이나 현상이 재미있는 것은 궁금증을 유발하기 때문이다. 모험 소설이나 모험 영화의 묘미는 특이한 인물이나 기이한 사건과의 만남이다.

열아홉째, 경쾌한 춤과 노래는 재미있다. 인도 영화에서 뜬금없이 춤과 노래가 나오는 이유이다. 스무째, 예쁜 것, 화려한 것, 귀여운 것은 재미있다. 걸 그룹이 인기를 끄는 건 예쁘고, 화려하고, 귀여워서다.

스물한째, 기막힌 우연은 재미있다. 주인공이 위기에 처했을 때 짠하고 구원자가 나타나는 설정은 막장 드라마에서 가장 애용하는 재미 끌어내기 장치다. 물론 과한 사용은 금물이다. 개연성을 떨어뜨리기 때문이다.

스물둘째, 싸움은 그 자체로 재미있다. 게임과 스포츠는 이 재미를 상징적으로 보여 준다. 스물셋째, 권모술수는 재미있다. 권모술수를 권모술수로 깨는 이야기는 엄청 재미있다. 삼국지는 권모술수의 교과서다.

스물넷째, 슬픈 얘기는 재미있다. 눈물에는 쾌감의 측면이 있다. 그 증거로 실컷 울고 나면 속이 시원하다. 스물다섯째, 진리는 재미의 속성을 갖는다. 인간은 진리를 추구하는 본능이 있다. 진리의 즐거움을 극한으로 추구하는 종교가 불교다. 스물여섯째, 모자란 게 없는 완벽남이 문제투성이 여자에게 빠져 쩔쩔매는 모습은 재미있다. 스물일곱째, 유머는 재미있다. 단, 유머는 격조가 있어야 한다. 누군가에게 상처를 주는 유머는 뒷맛이 씁쓸하다. 이런 악의적 유머는 재미로 보기 어렵다.

상기 27개의 재미 요소는 음식에서의 음식 재료에 해당한다. 음식 재료 없이 음식을 만들 수 없듯이, 재미 요소를 사용하지 않고 재미를 만들기는 어렵다. 작가가 재미 요소를 외면하는 것은 셰프가 음식 재료를 외면하는 것과 같다. 요즘 유행하는 마법, 좀비, 회귀, 빙의, 누아르, 환생, 무협, 시간/차원 이동 개념은 (그 자체가 재미 요소는 아니지만) 그 안에 재미 요소들이 풍부하게 포함되어 있기 때문에 인기를 끄는 거다. 무사가 무기를 능수능란하게 다루는 것처럼, 작가는 27개의 재미 요소를 능수능란하게 다룰 수 있어야 한다. 필자가 좋아하는 일본의 미야자키처럼 말이다.

주) 재미 요소의 남용

대중들이 좋아하는 웹 소설과 막장 드라마는 재미 요소를 무차별적으로 사용한다(남용 수준이다). 그럴 수밖에 없는 것이, 이 두 장르는 철저하게 재미만으로 승부하는 시장이기 때문이다. 하지만, 모든 일이 그러하듯이, 남용과 과용은 길게 보면 좋지 않다. 재미도 길게 가져가려면 어느 정도 자기 절제가 필요하다. 역설적이지만 재미를 받쳐 주는 최고의 동지가 '의미' 이다. 작품성과 의미 부분을 너무 무시하면 재미 부분도 살아남지 못한다. 잘 나가던 홍콩 영화가 망한 게 그 때문이다.

14. 강점

일반적으로 예술가의 겸손은 미덕이 아니다. 명색이 예술가라면 자기 작품에 대한 자랑거리를 당당하게 제시할 수 있어야 한다(스스로 자부심을 가질 수 없는 작품이라면 애당초 발표하지 말았어야 한다). 필자의 소설 『삼색진주』의 자랑거리를 다음과 같이 정리할 수 있다.

① 소설의 무대

　지금까지 우리나라에서 나온 소설의 무대는 한반도와 만주를 벗어난 적이 없다. 이 소설은 **한중일을 무대**로 한 최초의 대하소설이다.

② 여성상 제시

　이 소설에서는 시대가 요구하는 **여성상**을 제시한다.

③ 주제의 특수성

　이 소설은 **동아시아 연합**(EAU)을 주제로 다룬 최초의 소설이다.

④ 형태미 구현

　이 소설에서는 특유의 형태미를 보여 준다. 즉, 군 의장대가 보여 주는 '**절제, 절도, 직선'의 미학**을 문장의 형태로 구현시킨다.

⑤ 친 모바일

　이 소설은 짧은 **대사 위주**로 구성되어 있어서(지문은 매우 적다) 모바일 환경에 잘 들어맞는다.

⑥ 범주의 확장

　이 소설은 〈**철학, 과학, 논리**〉 지식을 적절히 녹여 내고 있다.

⑦ 새로운 장르 제안

이 소설에서는 '인소'라는 이름의 **새로운 소설 장르**를 제안한다.

⑧ 가독성

이 소설의 글은 **쉽고 짧고 절도가 있어서** 가독성이 높다.

⑨ 품격

이 소설은 막장 드라마의 **전형적인 클리셰**를 거의 사용하지 않는다.

⑩ 다양한 측면

이 소설은 '먼치킨 소설, 걸크러시 소설, 모험 소설, 과학 소설, 성장 소설, 로맨스 소설, 정치 소설, 반핵 소설, 교양 소설, 철학 소설, 실험적 소설' 등 **다양한 측면**을 동시에 갖는다.

⑪ 확실한 재미 포인트

여주인공 캐시에게 감정 이입한 독자는 내로라하는 남성들을 갖고 노는 예쁘고 똑똑하고 도도한 캐시를 통해 쾌감을 느낀다.

⑫ 뚜렷한 목표

모든 명작에는 확고한 목표 혹은 중심 철학이 있다. 이 소설은 기획 단계부터 **뚜렷한 목표(EAU의 창립)**를 갖고 있다.

주) 약점

이 소설에는 미래의 인간, 미래의 도시, 미래의 국가, 미래의 경쟁 등 딱딱한 화두를 다루는 내용이 적지 않다. 바둑 소설에서 바둑에 관한 애기를 피할 수 없는 것처럼 '동아시아 연합 EAU'를 다루는 이 소설에서는 다소 높은 차원의 화두를 피하기 어렵다. 하지만 일반 독자들에게는 이런 지적인 주제가 부담이 될 수 있다. 즉, 대중성에는 독이 된다.

15. 기획

동아시아 연합 EAU를 다루는 소설 『삼색 진주』는 일단 스케일이 방대하다(최소한 500화는 넘을 게 확실하다). 이 책은 그 방대한 소설 중 극히 일부 즉, 시즌 1(총 500화 중 41화)에 해당한다.

이 소설에서는 동아시아 국가들 특히, 한중일 삼국을 정치적, 경제적, 이념적, 문화적, 감성적으로 통합 및 조율하는 얘기를 다룬다. 이처럼 스케일이 큰 작업을 개인이 감당하기는 어렵다(굳이 비교하자면 다루는 대상이 대하소설 삼국지보다 크다). 해서 협업은 필수로 보인다. 한 인간이 가질 수 있는 경험, 상상력, 지적 능력에는 한계가 있기 때문이다.

협업을 위해서는 기획이 요구된다. 기획은 작업의 **방향이며 비전이며 전략이며 매뉴얼**이다. 탄탄한 기획이 받쳐 주지 않는다면 잘 만들어진 배(작업팀)라도 산에 오르기 십상이다. 바다로 간다고 해도 추진력을 잃거나 방향을 잡지 못할 가능성이 크다. 특히 선장이 셋(한중일)이라면 말이다.

이 책의 부록 '몇 가지 논점들'은 이 거대한 프로젝트(편의상 'X'라고 하자)에 대해서, 필자가 쓴, 신문 형식의 기획이라고 할 수 있다. 엄밀히 말해서 프로젝트 X의 기획은 필자의 몫이 아니다. 즉, 프로젝트팀이 정식으로 결성된 후에 팀에게 주어질 첫 번째 과제다. 14개의 항목으로 구성된 이 책의 부록은 필자의 개인 견해 정도로 보면 된다.

삼색 진주

© 고성범, 2023

초판 1쇄 발행 2023년 3월 30일

지은이   고성범
발행처   신혜순
펴낸곳   도서출판 bPP
주소   충청남도 천안시 동남구 풍세로 801-23
등록   제 25100-2018-000044호
전화   010-5669-5402
이메일   kosbkosbkosb@naver.com

ISBN   979-11-965653-7-4 (03810)